做一个能扛事的成年人

李思圆 作品

Contents 目录

序言　永不放弃做一个理想主义者　/1

PART 1
你总要一个人熬过所有的苦

大多数人空有一颗想要求好、上进和努力的心，但在实际生活中，却活得敷衍、潦草、不自律。于是我们一边痛恨自己，总是这么拖延和懒散；一边又纵容自己，去贪念于当下的满足和安逸。其实，人这一辈子，就是战胜自己的过程。

慎　/002

真正的自律，就是战胜你自己　/008

位置　/012

一个人的心中，总要有一些纯净和敞亮的信仰　/018

你总要一个人熬过所有的苦　/024

让人放心，是一种了不起的能力　/030

"天狂必有雨，人狂必有祸"　/036

你终将成为自己的过来人　/041

每个人的生活，自有其哲学　/045

格局越大的人，越容易走上坡路　/048

恭喜那些不自我炫耀的人　/052

人到中年，突然懂了唐僧　/058

PART 2
自律和不自律，差的是整个人生

我们都很贪心，想要的太多，但同时我们放不下的也太多，所以我们总是过得不那么快乐。有时你想去全世界寻找的根本不是所谓的诗和远方，你真正要找的是你自己，是你渴望成为的那个自己。

美是一种智慧和识见　/ 068

回归内心找自己　/ 074

自律和不自律之间，差的是整个人生　/ 078

家庭的意义是什么？这是我见过最好的答案　/ 083

生活本身，自有万钧之力　/ 087

努力是这个世上，最大的天赋和才华　/ 091

万物皆由心造　/ 096

为什么要坚持运动？这是我见过最好的答案　/ 100

知道自己要什么　/ 104

发光的日子，应该有书在　/ 108

感受你自己　/ 112

日常的心定　/ 117

PART 3
真正优秀的人,都学会了沉默

也许你并非天下无敌,也并非所向披靡,甚至也并不是最强的,但当你在遇事时,表露出的淡定、从容和冷静,以及骨子里展现出的笃定、勇气和沉着,却有种可以收摄人心,镇住场面,掌握局势的魄力。

关系 / 124

真正优秀的人,都学会了沉默 / 129

每天提升自我的八个习惯 / 135

真正的努力,是日复一日地坚持 / 139

无论到什么年纪,都要坚持这七件事 / 143

弯路 / 146

好心态的六个习惯,请逼自己养成 / 152

把心情照顾好,比什么都重要 / 156

熟不逾矩,是一种顶级的修养 / 160

原来这就叫"吸引力法则" / 166

戒 / 171

人心似锁 / 176

本性具足,无须多求 / 181

PART 4
人生常常是用来忍受的

我们总是以为真正的强大，是可以去改变许多不能改变的事。但慢慢地你会明白，可以忍受那些不可以改变的事，才是真正的强大。任何多余的对抗，都是无用的消耗。

人生常常是拿来忍受的 / 188

天寒露重，望君保重 / 193

赢得人心的三大定律 / 198

永远不要，轻易评价一个人 / 205

《西游记》：人性的三个真相 / 211

一个人真正的强大，是从沉默寡言开始 / 217

一默如雷 / 223

清风明月俱在 / 229

逢人话三分，不可全抛心 / 235

《心灵奇旅》：人到中年，要明白这三个生活真相 / 240

PART 5
那些无用的功利时光

也许我们应该学会的是,在不同的角色和人物中,去发现和挖掘出闪耀在人性深处,那些最耀眼的光芒。它包括善良,包括情义,也包括慈悲心。

在读书中,寻找人生的答案　/ 248

读书,就是回来做自己　/ 255

我们都是《局外人》　/ 261

孤独,是艺术该有的宿命　/ 271

那些无用的功利时光　/ 277

读书和不读书,过的是不一样的人生　/ 281

重读《儒林外史》:文学的目的和意义,究竟是什么　/ 285

读书,是一种巨大的福报　/ 292

每一个人,都是《华兹华斯》/ 295

天地有大美　/ 302

烟霞俱足,风月自赊　/ 308

真正的读书,都是无用的　/ 312

序言
永不放弃做一个理想主义者

1

今年,我刚好 30 岁。

30,真是一个妙不可言的年纪。虽然皱纹和衰老,不可避免地会逐渐浸入我的皮肤和身体。但我却感觉自己仿佛活得越来越像一个繁花少年,有远方,有诗意,有那坚不可摧的理想和信仰。

它们随着时光周而复始地流转,愈发坚韧地长在我的内心里,我的思想里,乃至我的灵魂里。

我时常在想,是什么样的机缘,让我爱上了读书和写作,让我的生命像崭新的日出般,不断地进行着自我更新和创造。

或许这最开始没有答案,但我知道,最后的答案是一定会有的,那就是我将永恒地读下去,写下去,直到我走出时间和生命的那一刻。

2

我常常感到自己的人生是富足且幸福的。因为在寻寻觅觅的五年后,我终于找到了自己真正想要的,并勇敢地去追求,且义无反顾地坚守它。

当然,此中的艰难,必然是一份厚重的承担。

但当一个人知道他自己要成为什么样的人、做成什么样的事、走什么样的路时,一切都变得简洁且明亮。

就如德国作家赫尔曼·黑塞曾说:"对每个人而言,真正的职责只有一个:找到自我。然后在心中坚守一生,全心全意,永不停息。其他所有的路都是不完整的,是人的逃避方式,是对大众理想的懦弱回归,是随波逐流,是对内心的恐惧。"

有时,我们的迷茫和困顿,并不是因为拥有的太少,而是并不确定,自己拼尽全力,为之努力的人生,究竟是不是自己真正想要的,抑或是不是值得你付出毕生时间和精力去追寻的东西。

3

五年前,我刚开始写作,准确地说,是即便生搬硬套,也要每天练笔一千五百字。

记得在刚开始时,别人问我为什么要写作,我竟然面红耳赤地回答,是因为梦想。

那时我已经是步入社会的成年人，再提起梦想这两个字，我竟然是羞愧的，忐忑的，甚至是难以启齿的。但五年后的今天，你如果问我，为什么还在坚持着每日的写作，我会落落大方地告诉你，是因为梦想。

有人说，一个人会随着年纪的不断增长，渐渐丢失小时候的童真、纯粹和伟大的理想。但幸运的是，仰仗日复一日地读书和写作所给予的庞大力量，我在不断地拾起这些犹如珍宝般的东西。

我不确定它们在俗世的眼光中，究竟还有没有用，也不确定它们对旁人来说，是否微不足道。但我可以肯定的是，永不放弃去做一名理想主义者。

就如余光中先生在诗里写到的那样："孩子，我希望你自始至终都是一个理想主义者。你可以是农民，可以是工程师，可以是演员，可以是流浪汉，但你必须是个理想主义者。"

4

有时你会发现，在这个世上，有太多值得你去爱的人和事了。但或许，一个人所爱的东西，并不需要太多，也不需要跟着别人的步伐走，更不需要获得他人的认同和欣赏。

一个人最难的，不是成为别人喜欢的自己，而是成为自己想要成为的那个自己。

或许，每个人都有自己不同的人生价值和意义。但对我而言，活着的每一天，至少要读书，至少要写作。这个至少，并不是受功利的驱使，也并非源于外在的逼迫。它是出于生命本能的一种需要，就如不吃饭，肚子会饿；不读书，思想会变得平庸；不写作，情感就无处表达和安放。

法国文学大家福楼拜曾说，艺术广大至极，足以占据一个人。
一个人如果每天可以挤出一些闲暇时光，哪怕五分钟去读书，读鲁迅，读叔本华，读莎士比亚，读所有伟大的、不朽的、优秀的著作，就已经富到流油，不必再贪求其他。

5

这五年，身体或许是累的。在兼顾生活和工作之外，日复一日地读书和写作，其实并不那么容易。会有些许的焦虑，些许的疲惫，但所有的阻碍，已然成为一种心甘情愿扛下的负担和习惯。

工作很累，下班后要不要读书，要；生了病，要不要写作，要；在休假和旅行时，要不要读书和写作，要。

总有人问我，如此执着，究竟是出于怎样的目的和意义？
其实没有目的，也没有意义，不过是借由读书，我可以找到困顿时的正信，也借由写作，我可以找到游方时的袈裟。

在不断地自我修持和整顿中，我慢慢地在修自己，而不是修文字，也不是修读者，更不是在修所谓的功成和名就。但在过程中，我又无比虔诚地希望，能给所有读到我文章的有缘人一些向上的勇气、力量和光芒。

6

我曾在夜深人静时，发自肺腑地写下这段文字：

26岁这一年，我出版了人生中的第一本书《生活需要仪式感》，非常心虚的是，它成了当年的一本畅销书。

我曾以为写作是为了不辜负自己，是为了给老来的自己，留下没有虚度光阴的见证。但后来我才明白，人这一生，到最后是什么也留不下来的。于是我越来越多地学会了摒弃和舍离，学会把更宝贵的时间都用在我爱的人和事上，也尽可能地去完成我自己。

我依旧会如一个在寒山古寺中，每日敲钟和诵经的苦行僧，读书和写作就是我每天需要去供养的佛。我却并不奢求，可以靠着文字成为真正的大家，但我却奢求，自己可以写出真正优秀的作品。

我曾被诸多经典的好书照亮过，我仅仅怀着一颗赤诚的感恩之心，想要将文字所给予我的力量，回赠给更多需要它的人。

7

今年，我 30 岁。

其实，对于年龄，我并没有焦虑。反而每一天的日常，都大抵安安静静，扎扎实实。

就如我曾在一个静谧的午后，写下这样一段话：

> 喜欢安静的每一刻，整个世界都静了下来，也丰富了起来。想说的话越来越少，想要求得理解的欲望越来越小，所有对生活的觉知和感悟，都跑到了心里，在微风徐徐的时光里，慢慢咀嚼和消化。很享受这样的时刻，内心平静又饱满，仿佛再也装不下其他。

但对于稍纵即逝的时间，我却有一种强烈的紧迫感。

因为我还有许多没有读够的书，没有写够的文章，甚至是还没有完整写出的小说。

如果你问我，什么是够，什么又是不够？

其实，一部作品，一个人物，可以有上百年，乃至上千年的生命力，又怎么能读够。

在读书这件事上，我特别贪心，甚至我每读到一次孔、孟和老庄，每读到一次《水浒传》和《红楼梦》，每读到一次《德米安》和《荒原狼》，我就感到自己完完整整地拥有着全世界。

关于写作，我也同样贪心。我把自己当作一个登山运动员，所有写过的文字，出过的书，都已经留在了过去，甚至当我写完这本书的那一刻，其实它就已经离我远去。

我唯一要做的就是将自己投入更多单调、枯燥甚至孤独的时光中去。静下来，沉下来，不断地攀登高峰，不断地去超越过去的自己，不断地去积攒更丰厚的阅读经验和生活体验，最终打磨出更好的文字。

最后，我想再次借余光中先生的句子，用以自勉。

通向理想的途径往往不尽如人意，而你亦会为此受尽磨难。但是，孩子，你尽管去争取，理想主义者的结局悲壮而绝不可怜。

人活着，总要有自己的理想，庆幸的是，我终于找到了它，我会竭尽全力去保护它，并且会一直读下去，写下去，深深地扎根下去！

写于 2020.12.20
成都

PART 1

你总要一个人熬过所有的苦

大多数人空有一颗想要求好、上进和努力的心，但在实际生活中，却活得敷衍、潦草、不自律。于是我们一边痛恨自己，总是这么拖延和懒散；一边又纵容自己，去贪念于当下的满足和安逸。

其实，人这一辈子，就是战胜自己的过程。

慎

有一句话说，一着不慎，满盘皆输。其实不仅下棋如此，人生亦如此。有时你或因不小心，说错了一句话，做错了一件事，动错了一个念头，轻则损名折利，重则积错难返。为人处世，要谨言慎行，守住口，护住心。

1

慎言，避灾

有句话说，祸从口出。

通常我们身体出问题，大体是因吃坏了东西。但我们惹了祸，却多半由于言语不慎。所以，但凡说出的话，都需反复斟酌。

能不说的，不说。不能说的，一字也不泄露。可说可不说的，最好沉默。

《旧唐书》记载了这样一则故事。

唐代功臣刘文静，曾经与李渊的宠臣裴寂不和。有一次他对弟弟说道："有一天会杀死裴寂的！"其实这不过是他酒后失言，逞一时口舌之快。不料却被刘文静的一个姬妾听到，传到了李渊那里。最终刘文静就因为这一句不该说的话，获罪被杀。

《曾国藩传》也有一则故事。

曾国藩在打下了太平天国后，雄踞东南，俨然拥有半壁江山。这时，湘江名士王闿运来到曾府上，他一心寻找明主，想做开国功臣。见面之后，他劝曾国藩不要帮助朝廷，而是拥兵自重，乘机自立，并且要曾国藩以韩信为前车之鉴。

曾国藩见王闿运说得滔滔不绝，却始终微笑不语，只是用手指蘸着茶水在桌面上比画。只见桌面上写着一连串的"妄"字，此时王闿运才恍然大悟，自己差点犯了大忌。

《周易》有云：吉人之辞寡，躁人之辞多。

你说出的每一句话，都代表着你的思想。一旦你多言说错了话，无论是说者无心，还是听者有意，都易让自己惹祸上身。

据《说苑·敬慎》载，孔子在参观周王祭先祖的太庙时，看到台阶右侧立着一个铜铸的人，嘴被扎了三道封条。在这个铜人的背面刻着一行字："古之慎言人也。"这给孔子以极大的震撼和启发，并以"三缄其口"教诲弟子。

古往今来，寡言保身的人，实有大智慧。在与人交谈时，说话一定要深思熟虑，切不可轻言妄语。

2

慎行，少悔

《吕氏春秋》中有言："行不可不孰，不孰，如赴深溪，虽悔无及。"

意思是，在行动之前，一定要多番考虑周全，如果莽撞行事，只会给自己带来遗憾和懊悔。

明朝首辅大臣徐溥，一生严于律己。他在书桌上放了两个装豆子的瓶子，时刻提醒自己慎行。每当自己做对一件事，就往瓶中投一粒黄豆；相反，行为上有什么过失，就往另一个瓶子内投一粒黑豆。这两瓶豆子时刻提醒他做事要三思而后行，久而久之，黄豆越积越多，而黑豆的数量几乎没有变化。

在生活中，如果我们做事前能多方思忖最终的"后果"，就不会在事后去妄想那些不切实际的"如果"。

《三国演义》中，有两则故事。

建安二十四年，刘备为了报吴国夺荆州、关羽被杀的仇，准备即刻启程，率大军攻打吴国。当时诸葛亮深谋远虑，劝他为大局着想，当下最重要的不是报私仇，而是为了江山社稷，先忍辱负重，联吴抗曹。但刘备当时被怒气冲昏了头，他下旨说，以后谁敢阻止伐吴者，定斩不赦，群臣虽知此行凶多吉少，但也不敢再劝谏。

果不其然，由于蜀兵远征，补给困难，又不能速战速决，加之入夏后，天气炎热，士气低落，后来刘备为了避暑，在山林中安营扎寨，谁知吴国将领陆逊看准时机，火烧连营七百里，最终刘备战败，病死在白帝城。

建安五年，袁绍准备起兵攻打曹操。当时，他手下的谋臣田丰曾劝阻他说，曹操善用兵，变化无穷，不能轻视，最好按兵不动，跟曹操打持久战和游击战。但袁绍太急于求成，结果曹操抓住时机，突袭袁绍所布置在乌巢的粮仓，致使袁绍大军惨败于官渡之战。

有一句话说，冲动是魔鬼。

人一生的成败、得失与对错，并不在于一时的辉煌，一两次的意气用事，就可以让你功亏一篑。

所以，凡事三思而行，不可莽撞，不可冒失，不可轻率，如此方能不入困境。

3

慎独，安心

《中庸》有云："莫见乎隐，莫显乎微，故君子慎其独也。"一个人的品德如何，要看他在最细微、最隐蔽、最不易被察觉时的所言所行。

元朝的大学问家许衡，曾在盛夏时经过河阳，由于路途遥远，十分口渴，路上有一棵梨树，众人都争先恐后地去摘梨来吃。

许衡独自端正地坐在树下，安然如常。有人问他为什么不吃，许衡说："不是自己拥有的却摘取它，不可以。"

那人说："现在时局混乱，这棵梨树没有主人了。"

许衡说："梨树没有主人，我的心难道也没有主人吗？"

许多时刻，当一个人学会慎独，不是为了让别人赞扬，而是让自己无愧亦无咎。

清代有个叫叶存仁的官员，从政三十余年，甘于淡泊，从不苟取。

一次离任时，僚属们临别馈赠礼品，为避人耳目，特地夜里送来。叶存仁见状将赠品原封退回，并赋诗一首相赠：

> 月白风清夜半时，扁舟相送故迟迟。
> 感君情重还君赠，不畏人知畏己知。

还有这样一则故事。晚清重臣曾国藩，从未因为自己位高权重而谋取个人私欲。他非常喜欢书法，在担任两广总督期间，有一个县令投其所好，送给他一本王羲之的书法。

这本书法是宋代《淳化阁帖》的祖本，异常珍贵，价值连城。曾国藩爱不释手，但后来依旧原封不动地退还给了县令，并说："我年过五十，能看到这样的东西是我的福气，但不能留下。"并在当天日记中写下八个字：世间尤物，不敢妄取。

有史以来，无论是为官政要，抑或平民百姓，最过不了的，是自己的"良心关"；最抵御不了的，是在名利诱惑下的思想松动；最难恪守的，是为人处世始终如一的清白和坦荡。

做了亏心事，以为神不知鬼不觉；违背了原则和底线，以为天不知地不知；行不正，身不端，以为可以掩人耳目。但最难欺骗过去的，其实就是自己。

慎独，并非为了得到好名声，更重要的是让自己心安。

人这一生，高明之处，就在于一个"慎"字。

慎言，可避灾。水深则流缓，人贵则语迟。

慎行，可少悔。君子欲讷于言，而敏于行。

慎独，可心安。多少心虚，皆因缺乏敬畏。

与朋友们共勉。

真正的自律，
就是战胜你自己

1

在知乎上，有个问题是：你见过最不求上进的人是什么样子？
有个高赞的回答是：

为现状焦虑，又没有毅力践行决心去改变自己。三分钟热度，时常憎恶自己的不争气，坚持最多的事情就是坚持不下去。

本想在有限的生命里体验很多种生活，却只会把同样的日子机械地重复很多年。

…………

终日混迹社交网络，脸色蜡黄地对着手机和电脑的冷光屏，可以说上几句话的人却寥寥无几。

不曾经历过真正的沧桑，却还失守了最后一点少年意气。

不知你是否发现，大多数人空有一颗想要求好、上进和努力的心，但在实际生活中，却活得敷衍、潦草、不自律。于是我们一边痛恨自己，总是这么拖延和懒散，一边又纵容自己，去贪念当下的满足和安逸。

其实，人这一辈子，就是战胜自己的过程。

如果你管住了自己，就可以拥有越来越多的自由。但如果你管不好自己，就只能被现实和现世所左右。

2

大概你也曾经历过无数个失败的自律计划。比如坚持早起，但第二天你实在起不来，所以就放弃了。比如坚持读书，也许你刚读了几页，但还是忍不住看手机，于是也放弃了。再比如坚持减肥，也许你刚有了这个念头，但当美食出现时，你又放弃了。

有没有发现，放弃很简单。只要你的思想稍微松动一下，就可以让自己轻松地逃避那些原本你不愿做的事。但如果你想要坚持，就太难了。因为此时，你要面对的困难和挫折，你要经受住的挑战和诱惑，实在太多了。

其实，人与人之间最大的差距，就在于自律。

也许对优秀的人来说，他们想要做成一件事，几乎是言出必行，说到即能做到。但对大多数普通人而言，他们虽然也想改变自己，却很难彻底克服自身的惰性。

当然，自律最难的地方就在于它并非一蹴而就的习惯。大多数时刻，你需要反复跟自己做斗争，你需要对自己下狠手，你需要对自己更加严苛，不能有丝毫的犹豫和退路。

3

人在什么时刻，会意识到自律的重要性？

大概不是在早晨睡到日上三竿不起时；不是在深夜吃着炸鸡喝着啤酒时；也不是在一有空闲，就盯着手机追剧时。而是当你发现自己的身材越来越肥胖，生活越来越单调无聊，人生越来越失去掌控时，就会感到巨大的压力。

而人在什么时刻，会意识到自律的好处？

大概不是在寒冷的冬天，逼着自己凌晨五点起床时；不是在感到疲惫，依旧要锻炼身体时；也不是一个人在书房独自读书写作时。而是当你发现，自己的身体越来越好，事业越来越有成，生活越来越丰富有趣，就会感到无比欣慰。

于不自律的人而言，轻松是暂时的，痛苦却是长久的。而对自律的人来说，过程是痛苦的，结果却是令人满意的。

记得网上有一个问题——高度自律是一种怎样的体验？有个回答是：不再被生活拖曳着前进，而是生活在你的方寸之间，未来变得可控，一切都有条不紊地进行，想要的生活触手可及。

当你觉得管不住自己，想要偷懒、懈怠时，想一想自己希望过上的生活，大概就不会让自己沉迷于安逸享乐中。当你觉得坚持不下去，想要懈气、放弃时，想一想放任自己的后果，大概就有了进行自我约束和克制的紧迫感。

4

人人都渴望让自己变得更出色,但无论你想要做成什么事,这过程中都没有捷径,都要做到自律。

那些成绩比你好的人,并没有比你更聪明,不过是在一日又一日看似枯燥的学业中,坚持不断地练题、背书、做笔记;那些身体比你好的人,不是天生体质好,而是在一天又一天的单调重复中,坚持不断地做到早睡、早起、多运动;那些文采比你好的人,不是有特殊的天赋,而是在一年又一年的平淡光阴里,坚持不断地读书、沉淀和积累。

许多人之所以觉得自律很难做到,不过是因为耽于眼前的轻松和安逸,他们抱着及时行乐、得过且过的态度,去耗费和虚度人生。

曾看过一句话:我相信一万小时定律,但从不相信天上掉馅饼的灵感和坐等的成就,做一个自由又自律的人,靠势必实现的决心认真地活着。

其实,任何让人变好的行为,都不会让你太舒服、太好过、太轻松。

自律最大的敌人,不是温暖的被窝,不是好吃的美食,不是好玩的游戏,而是你想要战胜自己的决心、勇气和毅力。

你我共勉。

位置

1

处境不同，无法感同身受

古代某日，长安城天降大雪，寒冷至极，一个吃饱了饭出来消食的文人见雪花飘飘，诗兴大发，脱口道："大雪纷纷落地。"刚念了一句，恰逢有个升迁的官员经过听到了，感念皇恩浩荡，他拱手接口道："正是皇家瑞气。"旁边一个卖棉衣棉裤发了大财的商人心花怒放，也凑过来说了一句："再下三年何妨？"然而这一语激怒了路边一冻饿欲死的乞丐，他哆哆嗦嗦地大骂："放你娘的狗屁！"

其实在生活中，每个人的立场不同，也很难感同身受。**你的乐，别人没尝过，很难体会到你的喜悦和欢愉。你的苦，别人也没吃过，也很难去照顾你的情绪和委屈。**

晋惠帝执政时期，有一年发生饥荒，百姓没有粮食吃，只有挖草根，食观音土，许多百姓因此活活饿死。消息被迅速报到了皇宫中，晋惠帝坐在高高的皇座上听完了大臣的奏报后，大为不解。

"善良"的晋惠帝很想为他的子民做点事情，经过冥思苦想后，他想到了一个"好"办法说："百姓无粟米充饥，何不食肉糜？"

也许我们可以判断出晋惠帝是个不称职的君王，但我们很难断定，他就是一个不善良的人。

有一句话说，并不是每个人，都生活在同一片海里。

每个人的境遇不同，对待事情的看法和观点，亦不相同。

所以，有时你不必去评判别人的对与错，因为你不是别人，也没经历别人的人生。有时，你也不必去责备没人了解你的苦和难，因为别人也根本没办法体会你的心酸和苦痛。

2

角度不同，不可以偏概全

在小学的语文教科书里，有这样一篇文章。

作者读小学二年级时，老师把两个杨桃摆在讲桌上，要同学们画。他的座位在前排靠边的地方，讲桌上那两个杨桃的一端正对着他，因此他看到的杨桃像是五角状的东西，于是就老老实实照着画了。

当其他同学发现后，都在笑他。老师看了看这幅画，走到他的座位坐下来，审视了一下讲桌上的杨桃，然后回到讲台，举起他的画问大家："这幅画画得像不像？"

"不像！"

"它像什么？"

"像五角星！"

老师的神情变得严肃了，半晌，又问道："画杨桃画成了五角星，好笑吗？"

"好——笑！"有几个同学抢着答道，同时发出嘻嘻的笑声。

于是，老师请这几个同学轮流坐到他的座位上。他对第一个坐下的同学说："现在你看看那杨桃，像你平时看到的杨桃吗？"

"不……像。"

"那么，像什么呢？"

"像……五……五角星。"

"好，下一个。"

后来几个同学看完后，老师和颜悦色地说："提起杨桃，大家都很熟悉。但是，看的角度不同，杨桃的样子也就不一样，有时候看起来真像五角星。"因此，当我们看见别的人把杨桃画成五角星的时候，不要忙着发笑，要看看人家是从什么角度看的。"

苏轼曾写过一句诗："横看成岭侧成峰，远近高低各不同。"

其实每个人的角度不同，自然所见即不同。有时你看到的，未必别人能看到；别人看到的，你又未必能观察到。

所以，凡事多换换角度，就会看到更多事情的全貌和真相。切不可一叶障目，以偏概全，片面地去看问题。

3

站位不同，难分对与错

每个人在这个世上，都有各自所处的位置。其实角色不同，出发点就不同。对象不同，侧重点也不同。

有时，对待同一件事，哪怕是同一个人，也会因站位不同，对相同的事，有截然不同的看法。

季布曾是项羽帐下的大将，他有几次围困刘邦，差点要了刘邦的命。后来项羽失败后，刘邦花重金收买季布的人头。有人劝刘邦说，季布当年为项羽服役，围困你是他的职责，他忠于职守，有什么不对。刘邦听后，不再计较，甚至拜季布为郎中。

相反，季布的舅舅丁公，也是和刘邦打仗，有一次困住刘邦后，刘邦求饶说："我们两个都是好汉，怎么能互相残害呢！"于是丁公撤退，刘邦得以逃脱。

再后来丁公去拜访刘邦，刘邦当场让人将他捆了起来，说："丁公作为项羽的大臣却不忠诚，使项王失去天下的，就是你这样的人。"于是杀了丁公，并警告其他人说不要向他学习。

刘邦的做法看似矛盾，实则也在情理之中。虽然他曾被"敌人"害过，但毕竟作为君王，他对忠诚之士有一份天然的欣赏和担待。虽然他曾被"恩人"厚待，但也是作为君王，他鄙视，甚至瞧不起那些因一时心软出卖自己主人的臣子。

其实，在这个世上，没有绝对的对与错。

有时，人与人之间的冲突和隔阂，其实皆因站位不同，才有了所谓的偏见和成见。

也许当你是老板时，总觉得员工偷懒；但当你是员工时，就会埋怨老板抠门。

也许当你是婆婆时，总觉得儿媳怎么做也不对；但当你是母亲时，就会处处心疼自己的女儿。

4

高度不同，不必去争辩

在网上，曾经流传一张照片。

一个人站在地上，看到的是一堵墙，一个人站在一堆书上，看到的是乌云密布，还有一个人站在更高的书堆上，看到的则是晴空万里。

其实，不同的高度，每个人看到的东西也是不一样的。

有时，你看到的上限，也许是别人的下限。有时，你以为的终点，却是别人的起点。

有两个人一起去爬山，一个人到了山顶，另一个人还在山腰。到了山顶的那个人大喊道："快看，是大海。"还在山腰的人则很生气地说："明明前面是一棵树。"

其实这两个人的观点都对，原本不同的高度，所见就会千差万别。

看过一则笑话。

冬天，三个老汉一起蹲在墙角，一边晒太阳，一边大谈理想。拾粪的老汉说："如果我当了皇帝，我就下令这条街东面的粪全部归我，谁去拾就派公差去抓他。"砍柴的老汉瞪了拾粪老汉一眼说："你就知道拾粪，如果我当了皇帝，我就打一把金斧头，天天用金斧头去砍柴。"讨饭的老汉听完后哈哈大笑，他说："你们两个层次真低！都当皇帝了，还用得着干活儿吗？要是我当了皇帝，我就什么也不干，天天坐在火炉边吃烤红薯。"

其实每个人的起点不同，眼界的高度也会不同。
所以有时人与人之间，在一些底线和原则外，没必要过多地去争所谓的输赢和伯仲。因为每个人都因在认知、思维和格局上的差异，而有各自不同的局限和极限。所以，我们不必为难别人，也没必要抬高自己。

一个人的心中，
总要有一些纯净和敞亮的信仰

1

跟编辑聊天，提起了一位我很喜欢的作家。于是编辑特意找到这位作家，送给我一套签名书。

收到书后我有些激动，就连中午吃饭时，脑子里也总是冒出作家写的一句话："我希望遇到如你一般的人，如山间清爽的风，如古城温暖的光。"

其实我很少看这类书，我时常觉得在我的记忆中，是没有童年和青春的，但看他的书，我的内心有一种被治愈的平静。

有时，我总在想，我们单纯地喜欢一个人，无论这个人是作家，是球星，还是高山仰止般的人物。总之，他们的身上一定隐藏着某一种你本身就具备的天性和品质。

我喜欢这位作家的小说，其实理由特别简单，就是我总能透过文字，看到他内心住着一个长不大的小孩，以及那些敏感、脆弱和忧伤背后，藏有一颗干净、清澈和纯粹的心灵。

如果一个二十多岁的年轻人，写出这样的故事和文字，我们可以说这是正当年纪的遗憾、莽撞和美好。但当一个人四十岁后，还能写出那些皎洁的月色，明媚的天地，以及发光的少年，这非常天真和可贵。

2

我很喜欢一本四百多年前的书《堂吉诃德》。

也许很多人常常拿堂吉诃德去讽刺和嘲笑那些不自量力，甚至过于迂腐、过于盲目追求理想的人。

从第一次阅读开始，直到现在，我依旧对这本书有很大的偏爱，有时我常常觉得看到他，就好像看到了自己。

小说里的堂吉诃德年近五十岁，身材瘦削，面容清癯，是一个乡村绅士。他有一支长枪插在枪架上，有一面古老的盾牌、一匹瘦马和一只猎狗。

他家里有一个四十多岁的管家妈，一个不到二十岁的外甥女，以及一个能下地也能上街的小伙子替他套马和除草。

虽然堂吉诃德不算富有，也不够阔绰，仅日常的开支，就花掉他一年四分之三的收入，但只要他不要有太多不合时宜，乃至超出能力范围内的欲望和杂念，原本也可以过上相对舒适安逸的日子。

然而他偏偏因为一年到头空闲的时间太多，于是没事时就喜欢看骑士小说，结果这一看，他不仅把打猎呀，管理家产呀，都忘得一干二净，甚至还变卖了好几亩田去买全世界所有有关骑士小说的书看。

在没日没夜地看骑士小说后，他做了一个近乎疯狂的决定：他要当一个游侠骑士，披上盔甲，拿起兵器，去猎奇冒险，一方面为自己扬名，另一方面，也可以为国家效劳。

堂吉诃德在当骑士的过程中，闹了很多天大的笑话，比如：把三四十个风车当巨人，把客店当城堡，把苦刑犯当作被迫害的骑士。当然，最后的他在经历了遍体鳞伤、差点失去性命的危险后，彻底灰了心，也死了心。

他在临死前，将遗产全部归于外甥女，且要求她嫁人时，对方一定不能读过骑士小说。如果反之，这个人不仅不能娶堂吉诃德的外甥女，还会将继承的遗产全部收回，拨给宗教充当宣传费用。

其实，这本书最让我遗憾的，是堂吉诃德最后的妥协。但这本书最熨帖现实的地方，又恰恰在于他的妥协。

堂吉诃德就像是一座灯塔，它可以让我在尘世的纷扰和沉重中，依旧对那些藏在心中的、闪闪发光的星辰和大海，充满了虔诚的渴望和向往。

我常常说，梦想有时并不是拿来实现的，人之所以要有梦想，并愿意为此付出汗水和努力，恰恰在于，在追求梦想的旅程中，我们的思想和灵魂，会在不知不觉中变得圣洁和高贵。

这个世上并不存在陶渊明的世外桃源，也不存在柏拉图的理想国，更不存在托马斯摩尔的乌托邦。

但一个人无论长到多大，总得有一些明亮和澄澈的信仰。就是这些犹如萤火虫般微弱的光，让我们平凡的生命，有了一层镀金般的烂漫和璀璨。

3

如今，无论是生活拮据、处境困难、有很大生存压力的人，还是原本有较好的物质基础和经济收入的人，仿佛大家都在各自不同的人生轨道中，有了不同的迷茫，许多人活了一辈子，也不知道自己真正要的是什么。

其实，我总以为，如今我们思想上的困惑，常常不在于外在的环境，而在于我们的内心缺失了一些宝贵的相信。当我们开始怀疑这个世界并被外在环境叨扰时，人就像一丛风中的芦苇，不停地摇摆，找不到可以让自己真正安定下来的凭仗和倚靠。

今天的我们，之所以如此憧憬梭罗的《瓦尔登湖》，其实憧憬的不仅仅是那一种简单质朴的生活，更是一种可以享受光阴、融入大自然、与自己独处的能力；

今天的我们，之所以还会被那些经过岁月长久风化和沉淀留下来的文字、画卷和器物所吸引，并不仅仅是源于一份审美的需要和感动，也源于我们对走出时间的相信和崇敬；

今天的我们，之所以还会在忙碌的生活节奏外，被小径路旁盛开的淡蓝色野菊花打动，被青石板中夹缝生存的青草打动，被天边那一朵朵白云打动，是因为我们的内心中，其实一直相信着那些善的、美的、诗意的东西。

康德曾经说过一段话，令我震撼万分。

有两种东西，我对它们的思考越是深沉和持久，它们在我心灵中唤起的惊奇和敬畏就会日新月异、不断增长，这就是我头上的星空和我心中的道德定律。

其实抬头仰望星空，是所有人——哪怕是深处在泥沼地——都可以拥有的最朴素、最凡常、最触手可及的财富和权利。

同时，一个人心中除了是与非、对与错、善与恶，还应该把所有负面的情绪、能量和状态，尽力剔除，抛却，置之度外。

一个人的迷失，不是不再拥有，而是不再相信。

不再相信小时候的童话、英雄和魔法，不再相信内心里的那一束光和那一盏灯，也不再想象那些你想要去靠近，但又怕被拒之门外的心动和那些永远也抵达不了的远方。

我曾在某一天晚上临睡前，写下这样一段肺腑之言：

越来越喜欢安静，喜欢独处，喜欢每一个不被打扰的间隙和闲暇。从清晨醒来，至夜晚睡意袭来，我努力把自己安住在每一个当下。生活愈加地简单，情绪愈加地平和，所有日常的繁复和琐细，都被我尽力地剔除，剔除，再剔除。

很长一段时间，我怀疑自己是否对生活失去了该有的敏锐、觉知和感受。但在自我不断地观照和反省后，我才明白，原来在不知不觉中，我试图以外在极致的单调，甚至是乏味和无趣，去保护内心那份熊熊燃烧的对生命、对文学、对一切美的热爱和向往。

有时，我常常在某个不经意的瞬间，感觉自己仿佛置身于片刻时光的静止和停顿中，那一刻，我会突然对这个世界心生无限的慈悲和柔软。

尤其在我不顾一切地执着地走向我内心的庙宇和神殿时，有一天，我突然发现了生命在某一种意义上的徒劳，那一刻，我并没有失望，也没有想要放弃。

虽然我曾无数遍地告诫自己，凡所有相，皆是虚妄，但这份爱，让我舍不得这世间太多的美好，甚至并不是指具体的人和事。我就是爱，单纯地爱这个世界。

每个人活着都有各自的生活哲学，也有自己的意义和价值，乃至有一些必须经历的负重和承担。但我始终相信，那些在岁月的刀光剑影和兵荒马乱中，依旧肯在心中种下太阳、寻找光芒的人，会收获一辈子的明媚和绚烂。

你总要一个人熬过所有的苦

有一句话说："人生不如意十之八九，能与人言者无二三。"每个人都会遇到许多不顺遂的事，但唯有你学会一个人熬过所有的苦，才能守得云开见月明。

1

世上没有真正的感同身受

在鲁迅的短篇小说《祝福》中，祥林嫂是贫苦的农家妇女，她在丈夫死后，到鲁镇当佣工，但几经波折，又被狠心的婆婆抓回去，强行卖到贺家成亲。

她嫁给了贺老六后，生了儿子阿毛，一家人过着安稳幸福的日子。可没过多久，贺老六因伤寒病复发而死，不久，阿毛又被狼吃掉，迫于生活的无奈，她又回到鲁镇当佣工。

在鲁镇，她逢人就提自己的悲惨命运，刚开始还有三五个人听她讲，甚至还会落下同情的眼泪来。但随着时间长了，几乎全镇的人都可以背诵她的话，大家只要听到她讲话，就感到厌倦和心烦。甚至还有人带着自己的孩子，故意走到她面前笑着问道："祥林嫂，你的阿毛如果还在，不得有这么大了吗？"

后来，祥林嫂渐渐知道，大家不过是拿她的伤疤当笑柄，于是无论旁人怎么去刺伤她，她也不再说一句话。

其实在这个世上，你的苦，你的累，大概只有你自己知道，别人不可能理解，也不可能体谅。

如今，有太多人变得越来越沉默，并不是他们过得很好，而是即便过得不好，说出来也没人懂，更没人去关心和在意。

你说工作忙，总有人责备说，谁叫你拿这么多工资和奖金。

你说生活压力大，总有人批评说，你就是娇生惯养，吃不得苦，受不了累。

你说感情不顺利，总有人以过来人的经验教导你，你就是不懂事，忍一忍不也可以凑合过。

辛夷坞的《山月不知心底事》里，有段话：

> 我们的心、我们的肉长在各人自己身上，酸甜苦辣，自己尝的味道只有自己明白。别把希望寄托在别人身上，别要求别人懂你的感受，叫得再大声也是白费工夫。

针不扎到自己身上，不知道疼；事儿没发生在自己身上，不知道痛。在这个世上，根本就没有真正的感同身受。

2
人在低谷不要打扰任何人

有一句古话说："人情似纸张张薄，世事如棋局局新。"

许多时刻，当你处在人生低谷时，其实既不好去靠近他人，他人也不愿跟你有过多来往。

大诗人苏东坡在被贬黄州以后，几乎整天闭门不出。物质上有困难时，他就和夫人一起精打细算。粮食太贵时，他就每天定量，宁愿少吃，甚至挨饿，也不愿求别人给把米。甚至买不起牛羊肉吃时，他就买当地最便宜的猪肉，自制东坡肉，满足自己的食欲，也解了馋。

生活上有烦闷时，他就会一个人把门关起来喝酒，而不是去找邻里左右跟他一起畅饮。即便有朋友写来书信，他也会再三叮嘱，看后，用火烧了，不要给其他人看，生怕连累了朋友。

一个人在高处时，也许宾客盈门，高朋满座；但当你处在低谷时，人人都想避而远之，甚至拒之千里。

既然如此，在万不得已的情况下，不要去打扰任何人，不必让他人为难，也不必让自己难堪。

在《水浒传》中，林冲火烧草料场，后来结识了柴进，于是拿着柴进的推荐信上梁山，想要找到一处安身落脚之处。

谁知当时的梁山首领王伦，既嫉妒他的能力比自己强，也瞧不起他被官府发配，脸上还刺有金印。于是王伦推托道，梁山小寨粮食缺少，屋宇不整，人力寡薄，害怕误了林冲，其实是想要赶他走，但林冲实在无路可退，于是厚着脸皮说，自己好不容易赶到梁山来，不求发财达贵，但求容他留下来。

后来，王伦以投名状再次驱赶他，幸好因遇到了杨志，才勉强留下了林冲。

有一句话说："求人如吞三尺剑，靠人如上九重天。"

有时，宁可自己争一口气，也不要受别人的气；有时，宁可自己去寻一条出路，也不要仰仗别人走路。人在低谷时，你对他人所有的打扰，最终都会变成对自己的百般折磨，万般刁难。

3
你总要一个人熬过所有的苦

三毛曾在《送你一匹马》中写道："心知何如，有似万丈迷津，遥亘千里，其中并无舟子可渡人，除了自渡，他人爱莫能助。"

人的一生中，总会遇到许多艰难的时刻。但靠谁，都不如靠自己，求谁，都不如求自己，指望谁，都不如指望自己。

郭德纲曾在《过得刚好》中写到，他刚到北京时为了省钱，有一段时间，他住在通县北杨洼的一个小区，交不起房租，房东在外边咣咣砸门，连踢门带骂街，他躲在屋里不敢出声，甚至最难时他还睡过桥洞。

为了充饥，他到市场买一捆大葱，再买点挂面，然后用锅烧点水煮面，等面条都煮烂了，再往里面放点大酱，以后每天把这锅糊糊热一热就着葱吃。

为了挣钱，他还在人来人往的大街上，把自己关在玻璃笼子里48个小时，吃喝拉撒都在里面，生活起居任人观赏，还要忍住难堪，在里面向行人表演。

那时，他很想拜师学艺，找一个师父，名正言顺地说相声，可当时许多人都不要他。

他曾自我调侃道："我愿意给你当狗，你不要，你怕我咬你，你非把我轰出去，结果我成了龙了。"

后来的郭德纲，不仅创办了享誉国内外的德云社，事业更是如日中天，在相声界也有了举足轻重的地位。

村上春树曾在《海边的卡夫卡》里，写过这样一段话：

> 暴风雨结束后，你不会记得自己是怎样活下来的，你甚至不确定暴风雨真的结束了，但有一件事是确定的，当你穿过了暴风雨，你早已不再是原来那个人。

其实，没有任何人的一生，是一帆风顺的。

当你熬过了必须吃的苦，受了必须受的累，走过了泥泞，翻过了高山，越过了坎以后，终可以遇见彩虹。

此间路途，无论如何坎坷，无论如何艰难，没人可以帮你，也没人可以救你，唯有你可以成为你自己的贵人。

4

白岩松曾说过一句话:

一个人一生中总会遇到这样的时候——一个人的战争。你的内心已经兵荒马乱天翻地覆了,可是在别人看来你只是比平时沉默了一点,没人会觉得奇怪,这种战争注定单枪匹马。

当我们在人生低谷时,不要向他人倾诉,因为世上没有感同身受。也不要去打扰任何人,因为会让彼此都感到难堪,你只有依靠自己的力量,把自己从泥地里彻底拔起来。

让人放心，
是一种了不起的能力

知乎上曾有一个问题："一个人最好的能力是什么？"

一个高赞的回答是："遇到事情靠得住，责任面前有担当，信用永远是第一；总结起来就四个字——让人放心。"

一个人无论做人，还是处事，一定要有底线，有原则，有诚信。

1

做人有底线

有一则故事：有一个人去某企业应聘，来求职的人很多。面试一轮之后，进入笔试环节。这些题对他来说都不难，他快速写着，却被最后一题难住了。题目是这样的：请写下你之前所任职公司的秘密，越多越好。

他看看周围，发现其他的人都在奋笔疾书。他想了想，拿着试卷走到考官面前说："对不起，这道题我不能答，即使是我的前公司，我也有义务保守秘密。"

说完,他就离开了考场。

第二天,他收到了录用通知书,老板在通知书的末尾写道:"有良好职业操守,懂得保守秘密的人,正是我们需要的。"

一个人的底线,就是他的人品。

人品好的人,无论走到哪儿,都能令人放心。人品差,无论干什么,都让人心存顾忌和疑虑。

还有一则故事。一个顾客走进一家汽车维修店,自称某运输公司的汽车司机。"在我的账单上多写点零件,我回公司报销后,有你一份好处。"他对店主说。

但店主拒绝了这样的要求。顾客纠缠说:"我的生意不算小,会常来的,你肯定能赚很多钱!"

店主告诉他,这事无论如何也不会做。顾客气急败坏地嚷道:"谁都会这么干的,我看你是太傻了。"

店主火了,他要那个顾客马上离开,到别处谈这种生意去。

这时,顾客露出微笑并满怀敬佩地握住店主的手:"我就是那家运输公司的老板,我一直在寻找一个固定的、信得过的维修店,你还让我到哪里去谈这笔生意呢?"

一个人的底线,就是他的良心。

有良心的人,不会为了自己的利益,去做违背道义的事,也能让人更加安心地跟他合作和共事。

易中天曾说过一句话:"一个人,没了底线,就什么都敢干;一个社会,没了底线,就什么都会发生。"

一个人的底线,是让人放心最基本的品质。
有了底线,才值得托付。有了底线,才能获得信任。

2

做事有原则

曾看过这样一段话:无论是一家企业,还是一个创业者,懂原则,讲原则,永远是第一位的。一个不懂原则的人,是没有合作可言的;一个不懂原则的人,也是没有成功可言的。

一个人做事,一定要有原则。不能因为难就妥协,也不能因为棘手就让步,更不能为了一己私利,去打破该有的规则。

董明珠曾在采访中,提过两件事。她曾在当部长时,处罚了一个老总带来的新员工。那位员工是一个开票员,公司很多人都不敢得罪,甚至有一次,他把货给了一个供应商,但对方却没有先付款。后来董明珠知道后,让他把钱追了回来,但依旧要罚这个员工一百块钱,全公司通报,并且降他一级工资。

虽然她这个举动让老板很没面子,但也知道她的出发点,也是为了公司好,而她底下的员工,更是对她佩服不已。

一个有原则的人,更能服众。
因为一视同仁,没有例外,没有特殊。所以,才能让人心服口服,也才能让人无可指摘。

董明珠在成为格力的经理后,一个客户找到她的哥哥,请他帮忙拿到一百万的货,然后承诺给他丰厚的提成。当时她哥哥非常高兴,以为自己可以从中获得利益,于是给董明珠打电话提到这件事。但没想到,董明珠不仅拒绝了,还打电话告诉这位企图贿赂她哥哥的经销商,取消给他供货的资格。当时她哥哥很气愤,问她为什么?她说:"如果我开了这个口子,我怎么管自己手下的人,我怎么对得起我的企业?"

一个有原则的人,更有威信。

因为以身作则,既严格要求别人,也严于要求自己,所以他们说话才硬气,做事才坦荡。

一个人越有原则,也越会让人放心。

因为他们不会有私心,也不会偏心,既经得起考验,又抵得住诱惑,更守得住该有的界限和尺度。

3

为人处世要诚实

有这样一则故事。日本山一证券公司的创始人小池田子曾有过一段经历。他二十多岁时开小池商店,同时在一家机器制造公司当推销员。

曾有一个阶段,他推销机器很成功,半个月内便跟三十三位客户签订了合约,并收了订金。之后,他发现所卖的机器比别的公司生产的同样性能的机器要贵，感到很不安，立马带着合约书和订金，整整花费三天的时间，挨家挨户地去找客户，诚实地说明他所卖的机器价格比别人卖的要贵，请他们废弃合约。这使客户颇受感动，最终三十三人中没有一个人毁约。

消息传开后，人们认为小池田子经商诚实，纷纷前来他的商店购买货物或者向他订购机器。

你为人真诚，会给你带来诸多的好运。

我家附近有一家水果超市，他们的生意刚开始很好，但到后来门可罗雀，甚至将门面转租了出去。其实，这家水果超市最大的问题，就是老板做人不诚实。

有一次，一个客户从他那里买水果送人，当时老板想着水果是用箱子装着的，客户也不好拿出来挨个儿检查，于是就在最底层放了许多烂掉的水果。结果客户知道后，再也不光顾他的生意，而他的名声也从此一传十，十传百，至此以后，也慢慢失去了人气。

你做事虚伪，会给你带来巨大的损失。

有一句话说：信任就像一张纸，一不小心弄皱了，即便尽力抚平，也很难恢复原来的样子。

一个人不会因为失去利益，就一无所有，但会因为丢失诚实，就彻底失去了他人的信任。

当你对别人做到了不欺不瞒，别人才会予你以肯定；当你对别人做到了不诳不骗，别人才会予你以相信。

4

在生活中,聪明人很多,但靠谱的人却很少。

曾经我们总以为,能力才是一个人最好的底牌,其实让人放心,才是一个人最好的名片。

一个人再有能力,但不让人放心,也无济于事。

一个人若让人放心,是最大的能力,也才能成事。

与朋友共勉。

"天狂必有雨,人狂必有祸"

1

别把平台当本事

看过这样一个故事。山上的寺院里有一头驴,每天都在磨房里辛苦拉磨,天长日久,驴渐渐厌倦了这种平淡的生活。它每天都在寻思,要是能出去见见外面的世界,不用拉磨,那该有多好啊!

不久,机会来了,有个僧人带着驴下山去驮东西,它兴奋不已。来到山下,僧人把东西放在驴背上,然后牵着它返回寺院。没想到,路上行人看到驴时,都虔诚地跪在两旁,对它顶礼膜拜。

一开始,驴大惑不解,不知道人们为何要对自己叩头跪拜,慌忙躲闪。可一路上都是如此,驴不禁飘飘然起来,原来人们如此崇拜我。

回到寺院里,驴认为自己身份高贵,死活都不肯拉磨了,只愿意接受人们的跪拜。僧人无奈,只好放它下山。

驴刚下山,就远远看见一伙人敲锣打鼓迎面而来。驴心想,一定是人们前来欢迎我,于是大摇大摆地站在马路中间。

那是一支迎亲的队伍,却被一头驴拦住了去路,人们愤怒不已,棍棒交加抽打它。驴仓皇逃回到寺里，奄奄一息，它愤愤不平地告诉僧人自己的遭遇。僧人叹息一声："果真是一头蠢驴！那天，人们跪拜的，是你背上驮的佛像，不是你啊！"

在生活中，我们总是错把平台，当作自己的本事。于是许多人不再脚踏实地去做事，变得越发浮躁、膨胀、自以为是。在待人接物上，也有了一种高高在上的架势，甚至把别人对你的客套和尊重，当作理所当然。

可直到他们离开了平台后，才恍然醒悟，原来别人崇拜和仰慕的，是你的平台，而不是你。

2

你并非不可替代

许多时刻，我们总是把自己当成一个举足轻重的人。或许，在某个岗位上，你有一定的能力、底气和本领。但无论你再优秀，都有人可以接替你的位置，胜任你的工作，甚至超越你的成就。

我认识一个熟人，她不仅能说会道，业务能力也颇强，几乎每年都是公司销售业绩的前三甲。于是她成了领导面前的大红人，其他同事也总是对她称赞有加。刚开始她还很谦虚，但时间长了，她就有些自满了。后来她因为赌气，跟老板提出辞职，原本以为老板会挽留她，但老板二话不说就同意了。当时她还想，公司没有她，销售额肯定大幅锐减。

结果她重新找工作，却四处碰壁，而前公司依旧风生水起，并没有因为她的离职，受到丝毫影响。

电视剧《我的前半生》中,有这样一句话:首先要做到可以取代任何人,然后再考虑做到任何人都不可以取代你。

在这个世上,无论少了谁,地球也要转。

你可以不断增加自己的不可替代性,但要清楚地认识到,你并非不可替代。

3

越优秀的人,越谦卑

不知你是否发现,越庸碌的人,越傲慢无礼;越优秀的人,越懂得谦卑。

1929 年,时任北平艺术学院院长的徐悲鸿,发现齐白石的作品富有浓郁的民族特色,两次请他"出山"担任学院教授,都被谢绝。第三次邀请时,徐悲鸿终于打动了齐白石。

赴任那天,徐悲鸿亲自来接。上完课,又把齐白石送回,并搀扶他下了车。对徐悲鸿的礼贤下士,齐白石直言:"生我者父母,知我者徐君也。"

《易经》里说:谦谦君子,卑以自牧。

成熟饱满的麦子,都是弯下腰的。真正优秀的人,永远谦卑,有修养,不傲慢。

一次，徐悲鸿举行画展，观者如潮。正当他向众人介绍作品时，一位老农上前说："这幅画错了：您画的是雌麻鸭，它的尾巴哪儿有这么长？"

旁边的人训斥说："你乡下人懂什么？"徐悲鸿马上制止，老农接着说："雌麻鸭毛为麻褐色，尾巴很短。而画中羽毛鲜艳，尾巴很长。"

徐悲鸿仔细看了看，确实如此。他真诚地认错，并向这位乡下人鞠躬致谢。

有一句话说：水低为海，人低为王。

还有一句话说：地不畏其低，方能聚水成海，人不畏其低，方能乎众成王。

一个人有多谦卑，就有多高贵。

因为只有真正有修养和风度的人，才会对众生无分别心，用平等的态度善待每个人。

4

做人，别太把自己当回事

在这个世上，不乏得意忘形之人。他们总以为自己功不可没。其实越张扬，越容易落得卸磨杀驴、鸟尽弓藏的下场。

电视剧《康熙王朝》中，年羹尧曾屡立战功，威震西陲，也曾得到雍正帝的特殊厚待。可就是这样一个看似风光无限的大将军，到最后，被雍正帝削官夺爵，列了九十二条大罪，并赐以自尽。

在第 30 集中，年羹尧西北大捷，回京接受恩赐。当时在班师回朝的路上，雍正派大臣去迎接凯旋的队伍。可是年羹尧不仅让直隶总督跪在路旁迎接他，还让自己的车马走在了皇帝的御道上。

当他到了正大光明殿，雍正亲自赏穿四团龙服、戴三眼花翎时，年羹尧因为不满"一等公爵"的封号，并没有下跪，仅仅是假意弯腰低头谢封。

于是，雍正假意微笑，并对他说，按说封你个王也不过分，但自古以来，异姓封王都没有好下场，我不给你封王，是爱护你，你要体谅我，此时年羹尧才作势跪下。

在职场上，仗着自己有功劳，就狂妄骄傲的人，最终只会引火自焚。

其实，你若低调点，不去炫耀，不去显摆，不把自己当回事儿，反而别人还更会把你当回事儿。

但若你太过高调，总是邀功论赏，把自己当作多么了不起的大人物，反而还会招来他人的厌恶和反感。

一个真正聪明的人，懂得藏锋守拙，如此不仅可以得到别人真正的认可，也能让自己急流勇退，明哲保身。

你若太锋芒毕露，自以为是，最终只会自找麻烦，自讨苦吃。

天狂必有雨，人狂必有祸。

共勉。

你终将成为自己的过来人

1

小时候，我们都曾经历过许多天大的事。

六岁那年，你在无意中，打破了厨房的一只碗。你怕挨打，于是你撒了谎，说那不是你打碎的，是它自己掉到地上的，可最后，你还是被父母揍了一顿。

那一晚，你哭了很久，连睡觉都在做噩梦。可第二天一早醒来，你就开始活蹦乱跳，早已忘了昨晚的那一只碗。

十二岁那年，你收到了一封特别的信。当时你读完后，脸立刻就红了，然后你像做了亏心事一般，偷偷把信拿到班主任的办公室去告状说，有人喜欢你。

老师摸摸你的头，告诉你，被人喜欢是件好事。于是从那时起，你不再把喜欢当作一种负担，而是把它化为一股前进的动力和勇气。

十八岁那年，你高考失利。查到成绩的那一天，你感到这辈子都完了。看着那些金榜题名的同学，你既羡慕，又自卑。直到多年以后,你创业成功,当起了老板,有一天,你招来了一个从那个学校毕业的学生,那一刻你突然释怀了。

2

长大后,我们同样也经历着,许多天大的事。

二十四岁那年,你独自到某个城市打拼,给不起的房租,不中意的工作,以及对未来的迷茫,让你倍感压抑和煎熬。

就在你以为走投无路时,甚至想要放弃时,一个看似偶然、却实属必然的好机会,向你投来了橄榄枝。

虽然你并没有大富大贵,但也靠着自己的能力和本事,结束了半夜卷铺盖走人的经历,也在这个城市拥有了一席之地。

二十八岁那年,那个跟你谈了五年恋爱的女朋友,居然跟你提出了分手,她说愿意陪你吃苦,但怕自己等不了你了。

分手的那一晚,你一个人去了阳台,对着星空孤坐到了天明,你以为这辈子都再也碰不上对的那个人了。

直到又一个五年,你结婚生子,有一天在路上,你偶然遇见了曾经的那个她,那一刻,一切都早已释然。

四十岁那年,你的事业遭受严重的瓶颈期,你的父母隔三岔五住进医院,你的孩子又正属叛逆的青春期。

那时,你常常会在回家的停车场,一个人坐在车子里,待几分钟再走。

那时，你也常常会在下班后的办公室，一个人静静地坐一会儿再离开。

直到后来，你挺过了那段最艰难的时期。

虽然父母都离你而去，你也有太多不舍，但也并不觉遗憾，因为你问心无愧地尽到了自己该尽的孝道。

虽然孩子也没有成为大才，你会有些许的愧惜，但也并不觉得亏欠，毕竟你也终于想通了，孩子也有孩子自个儿想走的路。

3

不知你是否发现，人的一生，会经历许多坎坷和挫折。但当你回过头来看时，会发现曾经那些以为过不了的坎，最终都过去了；曾经以为解决不了的难，最终也都过去了。

这一路走来，你慢慢变得更加成熟，更加理性，也更加强大。而那些在曾经看来天大的难事，如今看来，不过是无足轻重的小事。

其实，没有人生来就知道：
原来打破一只碗，并没有什么大不了的。
原来被人喜欢，会成为长大后最美好的笑谈。
原来高考是人生的一个很重要而不是全部的转折点。

其实，也没有人生来就知道：
原来只要肯努力，就一定会让自己越过越好。
原来在一次感情中失意，也并不是剥夺你终生爱的能力。
原来必须面对的生和死，和必须完成的责任和义务，只要你做到了竭尽全力，也就不必太为难自己。

但这些所谓过来人的经验，并不能照搬，也不能走捷径。

它需要你亲自去尝试，去体会，去经历。也许在此过程中，会伴随着困惑、痛苦和烦恼，但恰恰是那些令你伤心的人，那么令你失望的事，成为你成长路上，必不可少的考验和锻炼。

所以亲爱的，无论此时此刻的你，正面临着多大的困难和悲伤，也不必感到悲观和绝望。只要你能耐心点，坚强点，跨过难，越过坎后，我们终将成为自己的过来人。

每个人的生活，
自有其哲学

1

去到不同的城市，你会发现，无论走到哪里，四处都是人烟交织，高楼密布，车水马龙。其实，人与人之间会有所不同，地方与地方之间，也会有所不同，但在看似千差万别的生活中，都有其相似之处。

每个人都在一定的环境和圈子中，认识一些人，经历一些事，留下一些自己的故事。

一个人的生命体验是无止境的，你可以尝试和感受更多的未知和可能。但一个人的生命时限却是有限的，我们从出生到离开，短短的几十年，不过是弹指一挥间。

有时，我们之所以需要出走，需要旅行，需要暂时离开熟悉的生活，就是在所谓的无限中，去体会有限的珍贵。因为当一个人真正看过更大的世界以后，他反而会剔除内心中过多的欲望和浮躁，然后踏踏实实地回来做自己。

2

或许每个人的成熟，都需要经历一个漫长的过程和阶段。人在年轻时，看不惯的人、想不通的事、无法接受的事实，总是特别多。**但当你真正有了一定的人生阅历以后，会对这个世界，对他人，对自己，有更多的宽容和体谅。**

因为每个人都有自己的局限，无论这是属于时代的更迭社会的巨变，还是个体环境的差别悬殊。一个人只有接纳了自己的无知、浅薄和缺陷，才能去更好地理解这个世界，理解人事的万千百态。

有时，我们会羡慕，甚至嫉妒他人所谓的天赋、好运和才华。其实，上天对每个人都是公平的，**只是大多数时刻，我们看到的是外在的名和利、得与失，而忽视了我们在时间、年岁和生命力上的平等。**

每个人都曾年轻过，就如每个人都会老去一样，每个人也许在出生时有不一样的宿命，但在离开时都要回归土地和自然。

大多数时刻，我们的烦恼和忧愁，是因为我们跟现实靠得太近了，有时适当去远观生活，心态就会变得平和许多。

3

在生活中，每个人都有各自的执着。有的人为了事业，有的人为了感情，还有的人，或许是为了在你看来不必要的选择和取舍。我常常觉得，我们每个人的一生在某一种程度上，其实都是可怜的。

因为我们来到这个世上，并不是来享受这个世界的，恰恰是为了通过人生的苦修，最终救赎自己。

有时，我们看似是在追求独立、自由，抑或诗和远方，本质上我们都是为了追求自我的完成。

所谓的幸福，它从来都是一个可望不可即的目标，如果一个人肯接受自己必须去吃的苦和受的累，必须去经历的磨难和劫数，他反而会一下子变得辽阔了，豁达了，也通透了。

如今，许多人都在试图寻找快乐人生的秘诀和谜底，许多人也都在试图寻找远离痛苦的答案和解药。**但如果要我诚实地回答，我愿意平静且坦荡地去接受和悦纳这段悲喜交集的人生。**

格局越大的人，
越容易走上坡路

1

最近，一个熟人跟我提起一件事，有个跟她一起进公司的同事，如今成了她的部门经理。虽然两个人的年纪差不多大，单从业务能力来看，她还比这个曾经跟她同级的同事强，但如今同事成了她的领导，她不仅没有怨气，反而特别服气。

我问她为什么，她简单跟我提起了一件事。当时两个人都在试用期，老板让她们一起写一份工作汇报，后来这里面有二三处错误数据，当老板叫来她们两人时，这个同事居然立马承认是自己没做好，丝毫也没有把责任推到熟人的身上。

事实上，即便有错，那也是两个人一起承担的，当时她在心里简直是佩服这个同事。再后来两个人都顺利转正后，这个同事在工作中的为人处事也非常大气，从不去计较干多少活儿，也不去比较薪资，非常受欢迎。

其实，无论做什么工作，一个人的格局很重要。

毕竟工作能力是可以不断提升的，但如果一个人的格局不够大，太自私、太计较，就很容易失人心。但格局越大的人，反而越吃得了亏，也越容易得人心，最终为自己争取来更大的机遇和好运。

2

我和我的图书编辑一直保持着很好的合作关系。

其实，最初她找到我时，已经有四五家出版社有意跟我谈出书的事宜，但最终选择她，是因为有个很特别的理由。

三年前，这个编辑要从北京来出差，她提前三个月就给我发信息，说是希望见一面。

刚开始我以为她只是随便说说，没想到这期间，她一直跟我保持着联络，多次跟我确认见面的意向，非常有诚意。

后来，我们在一家餐厅吃了一顿午饭，正当我去付钱时，收银员告诉我，编辑已经付过了。我对她说，你来到这里，我是东道主，应该我请你才对啊。但她说，反正公司是可以报销的，但后来我发现，她连发票都没有要，根本就不能报账。

虽然钱不多，但这个细节很打动我，于是我们就有了后续的合作。

其实，在这个世上，没有人真的愿意吃亏，毕竟人人都不是傻子。

但一个人，如果在小事上越去计较，就很难在大事上让人真正对你放心。

反之，你越在小事上不让他人吃亏，反而越会在大事上，给自己争取来难得的信任和机会。

3

一个身边的朋友，曾跟我讲起一件事。

他的公司有个小伙子很能干，工作也很卖力，各方面都很优秀，但每次公司有晋升的机会时，他都遗憾地错过了。

有一次，公司有个任职项目经理的机会，他也主动报名了，但最后老板却没同意。于是，他很不甘心，主动去找老板问原因，老板说，他还太年轻了，工作经验不足，还需要再多磨砺几年才行。

但事实上，老板不给他机会，是因为这个小伙子虽然工作能力强，但他的格局比较小。比如，每次老板让他加班做一点事，他要么不情愿，要么抱怨没加班费，要么抱怨占用了自己私人的时间。比如，每次同事让他帮忙装一个电脑软件，或者帮忙买个早饭点个外卖之类的，他总是特别嫌麻烦。再比如，爬山时他只给自己买了矿泉水，吃饭时他总是抢着去占座位，甚至打车时，也总抢着坐后排。

有一句话说，越怕吃亏的人，越会吃大亏。

其实，无论做什么事，最终都是在做人。一个人如果事事只考虑自己，就很难得到别人的认可和支持。你越去计较，反而越不可能走得远，因为你已经把更宽的路给堵死了。

4

其实，所谓的格局，不过是一个人的眼里，除了看见他自己，他还可以想到他人。

无论在工作，还是生活中——
主动去承担错误不推责的人，不一定是真错了，但一定是真大气。
愿意去全力付出不计较的人，不一定是真不计较，但一定是真靠谱。
舍得让自己吃亏而没有怨言的人，不一定是真喜欢吃亏，但一定是真厚道。

有时，我们总以为，凡事都只想着自己，只考虑自己的利益，只在乎自己的得失，就能给自己争取到更多的好处。其实，人人都有一笔账，也许嘴上不说，但都算得清楚，看得明白。没人愿意去信任一个心里只有自己的人，也没人愿意跟一个斤斤计较的人交往。你要是多费了心，多尽了力，多做了事，领导会看在眼里，更好的机会和前途，也总是会不请自来。你要是舍得对人好，舍得为人付出，舍得为他人着想，别人也都会记在心里，也会更加支持和认可你。

我们常常说，吃亏是福，舍得是福，厚道是福。但我们从没有听说过，计较是福，自私是福，小气是福。

格局越大的人，越容易走上坡路。

恭喜那些不自我炫耀的人

在《奇葩大会》的一期节目中，演员田朴珺说道："但凡能活得让人妒忌，就别活得让人同情。"这句话看似无不妥之处，毕竟每个人都渴望成为强者。但当时高晓松却说了一句深得人心，也深通人性的话："能活得让人喜欢，就别活得让人嫉妒。"

一个人活得好是运气，但能活得不招人烦，不惹人厌，不让人反感，却是一种了不起的本事。

人性最大的愚蠢，就是炫耀你比别人富有，比别人优秀，比别人更有智慧和学识。

1

越炫耀，越容易惹祸上身

在明朝时期，有个家产很富的商人叫沈万三。有一次，皇帝朱元璋有心试探他："我有百万军，你的钱财养得起吗？"沈万三得意地回答说："每个人给一两银子都够。"

原本沈万三只是为了证明自己很有钱，但他却并不知道，这不仅严重威胁到了皇帝的政权，还为他招来了杀身之祸。

于是当朱元璋定都南京后，因国库空虚，就打起了沈万三的主意。以一枚铜钱放在他那里生利息的套路，最终让沈万三家产耗尽，家破人亡。

有一句话说：客不离货，财不露白。

一个人越显摆自己的财富，越容易引来他人的嫉妒，也越容易勾起他人的贪欲。

《西游记》第二回中，有人套话孙悟空，想让他展示菩提祖师交给他的躲三灾的变化之法。

原本他可以推辞，但他还是经不起他人的吹捧，于是在松树下大展身手，引来众师兄的拍手叫好。

后来菩提祖师知道后，非常生气地对他说："我问你弄甚么精神，变甚么松树？这个功夫，可好在人前卖弄？假如你见别人有，必要求他。别人见你有，必然求你。你若畏祸，却要传他；若不传他，必然加害：你之性命又不可保。"于是菩提祖师一怒之下，将孙悟空赶走了。

有一句话说：聪明人多敛藏，愚钝者常炫耀。一个人越炫耀自己的能力和本事，越容易给自己带来祸害。

许多时刻，一个人越低调，越会明哲保身；反之，一个人越炫耀，越会惹祸上身。

也许一个人可以做到，不去眼红别人的好，也不去抢夺别人的财富，更不去做害人的事。

但我们却很难做到，不让别人来嫉妒你，打压你，甚至对你使各种绊子。所以一个人要懂得低调，不要过分炫耀。

2

越炫耀，越得不到尊重

看过这样一则故事。

有一位青年作家，因为一次巧合，跟黄永玉先生见了一面，并且有幸合了影。回去之后他就把照片贴了出来，并且写道，黄永玉先生很欣赏和看重自己，甚至和黄永玉成为了忘年交。但当时这一举动，却迎来无数嘲笑和讥讽，毕竟大师级的人物，怎么会跟初出茅庐的小年轻成挚友，即便有可能，对方也不会轻易拿这事儿来炫耀。

没过多久，黄永玉先生在接受媒体采访谈到该青年作家时，说："我们只见过一面，哪里是什么'忘年交'？我对他没感觉。过去我不认识他，也不了解。他见面时曾经问我：我有这么多钱怎么办？我问他：你有多少钱啊？他就大致说了个数。我跟他说：你那算有钱吗？像你这样的能从北京排到非洲。当然，他受很多年轻人喜欢，一定有他独到的地方。这些年轻作家走红，对中国文化是好事。不过我们老人家忙得要死，没有关注他们的时间。"

原本这位青年作家想要借助名人进行自我炒作，但没想到，不仅没成功，还自讨没趣，成为众人的笑柄。

其实，一个真正聪明的人，从来不会炫耀自己的人脉，也不会炫耀自己的名气，更不会借助他人的风光来使自己出彩。

毕竟，你要是有实力，根本不需要靠比你厉害的人来衬托和证明你的优秀。

反之，你若没有实力，无论再厉害的人替你撑腰，也只会给人留下虚荣和自卑的印象。

当你自身还不够强大时，所谓的人脉和社交，毫无意义和价值，你越去炫耀，反而越会适得其反。

3

越炫耀，越显出你的浅薄

许多时刻，我们总是以自己的小聪明和小成就，而沾沾自喜，扬扬自得，甚至招摇过市。殊不知，在这个世上，高手比比皆是，有时你越去炫耀，反而越会让自己下不来台。

有这样两则故事。

一次作家聚会中，有个衣着考究的男子，十分得意地捧着自己写的几本小说，趾高气扬地走来走去，四处巡视。

这时，他看到角落处坐着一位衣着朴素的中年女子，便跑过去炫耀："我是弗兰韦尔，写过三十多本小说。"

女子礼貌地点点头，微微一笑。他对于女子淡漠的反应有点恼怒，于是大声问道："请问你又写过多少本小说呢？"

女子回答："我只写过一部。"

男子顿时露出不屑的神情，鄙夷道："哦？哪一部？不知有人听说过没。"

女子答："《飘》。"

无独有偶。

苏东坡少年时就博览群书，才智过人，于是渐生傲气。一天，他乘兴在自家门前写了一副对联：识遍天下字，读尽人间书。

有一天，一位白发老者登门拜访，见了苏东坡，老人说："听说苏才子学问盖世无双，老朽特来请教。"

苏东坡见这么大岁数的人都找自己问问题，心中十分得意，他说道："老先生可有什么疑难？"

老人没有说话，笑吟吟地捧过一本书来。

苏东坡接过来，翻开第一页，头一列就读不下去了，为什么呢？有两个字不认识。越往下看，生字越多。

他当时立刻脸上红一阵白一阵，脑门上汗涔涔的。老人看后说道："怎么，这些字连苏才子也不认识呀？"

此时苏东坡才恍然大悟，赶忙添了几个字，重新写成这副对联：发愤识遍天下字，立志读尽人间书。

其实，一个人懂得越多，反而会发现自己知道的越少。反之，一个人知道的越少，越以为自己懂的很多。

其实，当你去炫耀自己的才华和学识时，不仅得不到他人的认可，反而会自取其辱，愈发显露自己的浅薄和无知。

4

有一句话曾说:"所有的优越感不是来自财富、地位、成就和权力,它只来自缺乏见识。"

其实,在这个世上,真正聪明的人,大多藏而不露。唯有半壶水响叮当的人,才会去炫耀自己。无论你再富有,再优秀,再渊博,千万不要轻易向别人炫耀。因为炫耀会为你招来祸害,带来麻烦,甚至自找尴尬和难堪。

与朋友共勉。

人到中年，
突然懂了唐僧

也许年少时，我们看《西游记》，会喜欢那个会使金箍棒，会翻筋斗云，会十八般武艺的孙悟空。

成年后，许多人喜欢上了猪八戒，虽然他好吃懒做，但他仿佛不费吹灰之力，就能得到好运的眷顾和偏爱。

再年长些，或许我们就对那个总是中规中矩，虽然没有出过太多风头，也没有太多存在感，但总是可以做到四平八稳的沙悟净有几分好感和羡慕。

但当一个人到了一定年纪，却总会在返璞归真以后，越来越理解、懂得，甚至欣赏和敬佩那个看似懦弱又无能的唐僧。

1

一、唐僧的身世。

他母亲殷温娇不仅长相出众，而且出身名门，是大唐丞相殷开山的千金小姐。

他父亲陈光蕊原本是个秀才，因获得皇上御笔亲赐状元，在回乡跨马游街时，恰巧接到了他母亲抛下的绣球，结为夫妻。

这对夫妻前往江州任职时，送他们的船夫刘洪见色起意，不仅杀了陈光蕊，将他推到了江里，还霸占了殷温娇，冒充陈光蕊去江州做官。

原本殷温娇想要自杀，但因为身怀六甲，为了留住陈家血脉，她才假意顺从了刘洪，并在唐僧快要出生时，迫不得已把他放在一个木桶里，漂入江中，任其自生自灭。

幸亏唐僧逢上了金山寺长老法明和尚，听到他的哭声，才将他从江中打捞起来，给他取了一个乳名，叫作江流，托人抚养，在他长到十八岁时，法明和尚叫他削发修行，取法名为玄奘，留在了寺庙。

有一天，众人在松荫之下参禅时，有个和尚因为被玄奘难倒，于是大骂他："你这个业畜，姓名也不知，父母也不识，还在此捣鬼？"

玄奘听了以后，跪着求师父，再三哀告，想要去寻父母。后来经过一番波折后，并且他父亲被自己曾经放生过的一条金色鲤鱼所救，于是三人终于团聚。

此时他父亲被大唐皇帝聘为学士，随礼朝政，玄奘立意安禅，被送到了洪福寺内修行。再后来他母亲殷小姐从容自尽，他又回到了金山寺去报答法明长老。

唐僧原本有一个很好的家世，如果不出意外，他会世袭父位，光耀门楣，一辈子活在光环之下。

但厄运常常猝不及防地到来，让唐僧从出生开始，就没了父母的爱护，成了一个彻彻底底的孤儿。虽然他被寄养在别家，即便有人管他吃喝，不至于受冻受饿，但童年缺乏的爱，或许成为了他一辈子的伤。而他性格上的诸多缺陷，也在后来去西天取经的路上，表露无疑。

2

二、唐僧的缺点。

比如，他善恶不分。

他在两界山收了孙悟空为徒后，两个人遇到了六个强盗，当孙悟空将其打死时，唐僧居然责备悟空全无一点善恶之心，还断定悟空去不得西天，做不得和尚。

他在孙悟空三打白骨精时，认出这分明是妖怪，却因为听信猪八戒的挑拨离间，并写下了一纸贬书，不再认孙悟空这个徒弟，最终赶走悟空。

他在造宝山时又遇到了强徒劫掠，当悟空将这几个人打伤时，唐僧怪孙悟空没有佛性，并且一气之下，又要赶走悟空，不让他同去西天拜如来金身。

比如，他唠叨抱怨。

当孙悟空第一次出走，又因龙王的劝说回来找他时，他却抱怨说："我略略的言语重了些儿，你就怪我，使个性子丢了我去，像你这有本事的，讨得茶吃；像我这去不得的，只管在此忍饿，你也过意不去。"

当他和孙悟空两人行到蛇盘山时,有一条龙把他的白马吞进了肚子里,于是他又哭着说:"可怜啊!这万水千山,怎生走得!"当悟空说要去前方寻马时,他又不让,因为害怕悟空走了,那条龙会突然出来把他吃了。

比如,他有邪恶面。

在观音寺时,孙悟空因为炫耀丢了他的袈裟,于是他发怒说:"我不管你,但是有些儿伤损,我只把那话儿念动念动,你就是死了!"而在悟空杀强盗时,他还曾说,出家人"扫地恐伤蝼蚁命,爱惜飞蛾纱罩灯"。

他也曾为了去西天取经,不得已说了谎,虽然并非他本意,但骗人终归是不对的,在女儿国时,他原本已经与女儿国国王拜堂成了亲,但他假意说要去送自己的三个徒弟去西天取经,叮嘱他们几句话。自出城以后却再也没有回来。

比如,他做人的挑剔自私。

在唐僧、孙悟空和猪八戒行到黄风岭借宿时,因为老者见到悟空和八戒长得丑,于是他坐在门楼的竹床上埋怨说:"徒弟呀,你两个相貌既丑,言语又粗,把这一家儿吓得七损八伤,都替我身造罪哩。"其实,唐僧耳根子很软,他也是一个完美主义者,只因别人说他徒弟长得丑,于是他就生了一些嫌弃心。

在他们师徒三人吃了人参果后,为了给他们惩罚,一个大仙建议应该先打唐僧,毕竟他是师父。但悟空体恤师父不禁打,就把责任揽在自己身上，并替唐僧受罚，但唐僧依旧抱怨说，自己虽然不曾被打，但绳子绑在身上也疼。

在师徒三人离开了万寿山，正往前赶路时，唐僧说肚子饿了，让孙悟空去化斋来吃，但孙悟空却解释说："师父好不聪明。在这等半山之中，前不巴村，后不着店，有钱也没买处，教往那里寻斋？"

唐僧听了很不快，于是骂道："你这猴子！想你在两山界，被如来压在石匣内，口能言，足不能行，也亏我救你性命，摩顶受戒，做了我徒弟。怎么不肯努力，常怀懒惰之心！"

于是孙悟空说："师父休怪，我知你尊性高傲，十分违慢了你，便要念那话儿咒。"于是就硬着头皮去化斋。

比如，他的偏心。

孙悟空为他出生入死，甚至百分百恭敬他，孝顺他，对他始终如一地好，但他在此之前，却从未感念孙悟空对他的好。倒是在大战流沙河时，猪八戒仅仅出了一些力，于是他当着孙悟空的面，只夸了八戒说："徒弟辛苦啊。"

在三人夜行至一处寡妇之门时，因为那寡妇家产殷实，非要留他们其中的一人做女婿，于是唐僧让悟空留在这里，其实他分明知道原本猪八戒是贪财好色之徒，并且最会偷奸耍滑，但表面上他看似把好处留给孙悟空，实则在他心中，最可以舍离，最不在乎的那一个人却是孙悟空。

再比如，因为猪八戒被妖精所擒，他又怪孙悟空兄弟之间，全无相亲相爱之意，专怀嫉妒之心，甚至还气孙悟空说，怪不得悟能咒你死呢。孙悟空听了后，也忍不住抱怨说："师父也太护短了，太偏心了，我如果被拿了去，你都不挂念，反正我是舍命之徒，但猪八戒刚要受点罪，你就全怪在我身上。"

要说唐僧的缺点，远不止这些，甚至连观音都看不下去了，还曾对他说过四个字，再休颠怪。但唐僧的缺点，又常常是我们每个凡人身上，都或多或少有的，不过是恰好集中体现在了他一个人身上而已。

3

说了唐僧这么多不好，并不是讨厌他，反而是钦佩于他性格中拥有大多数人都缺少也都容易迷失的东西，那就是初心、执着和坚持。

当初唐僧答应玉帝要去西天取经时，洪福寺的僧人就曾劝他说西天路远，很多虎豹妖魔、峻岭陡崤等，只怕有去无回，难保真身。但唐僧说，即便吉凶难定，但既然已经在化生寺对佛设下弘誓大愿，不由他不尽此心。

在刚开始去取经的路上，他曾只身一人走在悬崖峭壁，也曾差点被老虎所吃，却执意要继续前行。后来他在收了三个徒弟为自己降妖除魔时，也并非一帆风顺，反而是时时刻刻受着欲望的诱惑、困难的阻碍和生死的考验。

孙悟空可以一气之下回到自己的花果山做猴王，猪八戒随时都在想着回高老庄做女婿，而沙僧虽然从未表露些什么，但如果他见了大师兄和二师兄都散了，大概也会回到流沙河。但自始至终，唐僧从来没有心生过退意。

唐僧怕老虎吗？当然怕。唐僧怕死吗？当然也怕。唐僧甚至非常懦弱，一遇到困难，就只知道唠叨抱怨，甚至一个劲儿地哭。在原著里，唐僧的眼泪几乎没断过。但他明知道苦，明知道累，明知道前路迷茫，依旧坚定信念，必须去到西天取经。

其实，在整个途中，他有很多次机会，可以反悔，可以放弃，甚至可以随便安住在一个寺庙中继续修行，但与其说他没有退路，不如说他不给自己退路，因为西天就是他唯一的去处，也是唯一的出路。

唐僧也是凡体肉身，在这一路上，他曾多次拒绝接近女色，甚至他还被自己最偏心的徒弟猪八戒质疑过，不相信他在美女面前真能无动于衷。

尤其在离开女儿国时，我们明显可以感受到他对女儿国国王有三分情，但如果世俗的幸福与自己的初心相悖时，他也依然会选择后者。

其实我们每个人都有自己的理想和信仰，但许多时刻，我们之所以放弃了，是因为我们太容易妥协，也太容易被诱惑。一个不知道自己想要什么的人，跟一个无法坚持自己所想的人，才是这个世上，活得最痛苦，也是最迷茫的人。

唐僧这一路走来，也忍受了太多的艰辛和不易，但当一个人明确地知道，自己这一生真正要做什么样的人，要活成什么样子，以及要过怎样的一生时,所有外在给他的苦难也好,痛苦也罢,都通通变得不再重要。

最后,唐僧当初在出发时曾答应过唐朝皇帝,三年以内必将返回,甚至还曾给僧人们讲,看那山门里松枝头向东时,他即回来。那时他并没有预料到此行的艰难和不易,但即便后来在遇到了重重磨难后,他依旧坚持了整整十四年,才去到了西天取到了真经。

其实,唐僧当初也并不知道,甚至也并不确定自己是不是可以到达西天,但有一点他可以确定的是,他这一生必须做的一件事,就是要去西天取经。

甚至可以假设,如果唐僧即便过了十四年也没取到真经,他依旧不会放弃。这样的精神,恰恰是整部《西游记》最核心的思想。

每次唐僧去化斋,或者向他人介绍自己时,总会提到一句话:"贫僧从东土大唐而来,去往西天取经。"

这一句看似简单的话,上升到了哲学的层面,他**知道自己是谁,知道自己从哪里来,又要到哪里去**。

当每个人想清楚这三大问题时,这一生,就彻底地找到了自己,活出了自己,也真正完成了自己。

PART 2

自律和不自律，差的是整个人生

我们都很贪心，想要的太多，但同时我们放不下的也太多，
所以我们总是过得不那么快乐。
有时你想去全世界寻找的根本不是所谓的诗和远方，
你真正要找的是你自己，是你渴望成为的那个自己。

美是一种智慧和识见

1

在无中,也有美的存在

深秋去到北方的一个城市旅行,第一站到了当地的森林公园。

刚到景区,放眼望去,一座座山脉和一堆堆石崖连绵起伏,四处都显露出一片荒芜和苍凉感。

除了一些长在向阳旱地上的灰榆、墨绿色的油松和山杨混交林,以及生长在山坡上的一些黑褐色的灌木丛和西北栒子外,几乎再也找不到其他植被。

有的游客看到此般景象,立马抱怨说,怎么光秃秃的,什么也没有。甚至还有人懊悔,早知道就不来了。其实,什么也看不到,有时恰恰也是另外一种美。大多数时刻,我们在世俗的熏染和固化下,眼界和视野变得越来越窄,感受力和审美力也变得越来越薄。其实,当一个人抛开个体思维的成见和局限把自己完全清空时,他就会用一颗更开阔和澄净的悦纳心,去欣赏这个世界,去接纳他人,去面对自己。

青山绿水是美，荒漠戈壁也是美；星辰大海是美，小桥流水也是美。美有千千万万种，它不属于个人，也不属于大众，它属于所有大自然的存在。

就在大多数人都在感慨和抱怨时，我远远看见在一些干枯的树木上，长满了粉红色的桃花，好些旅客争相去拍照。

我有些好奇，因为即便这里会开桃花，也不是在秋天，于是走近一看，才发现这是绑在树枝上的塑料花。当时我就在想，这桃花显得多余，甚至严重破坏了这里原本荒凉和苍茫的大气象。

也许景区的工作人员希望给山景增添一些更绚丽的色彩，但他们忽视了大自然本身，自有它美的秩序和规律。

有时，我们之所以去制造美，是因为我们希望更长久地留住那些美好的瞬间。

比如，我们看到一朵盛开的花，就想着要是它不凋谢该有多好；认识一个人，我们会想着，要是能天长地久该多好；做好一件事，就会想着一直站在高峰，停留在高光时刻该多好。

但在这个世上，真正美的东西，都是悄然而逝的。

大多数时刻，美是镜中花和水中月，你用力去捞取终将一无所获，你只要保持一颗平常心，在四季的变换、人事的去留和生命的轮回中，坦然地接受生活给的一切，就会在无数个看似凡常的瞬间，用更宽广的视野和角度，去看待自己和这个世界。

如果一片土地寸草不生，一朵花也没有，一只鸟也没有，你也许会觉得这样的旅行,简直是在浪费时间和精力。

但如果你回过头来想一想,什么也没有,有时恰恰也是一种独特的风景。因为当你把自己清空归零后,世界的镜相,就是你的心相。

我们从来只懂得欣赏"有"的美,却忘了"无"也是一种美。美产生于万事万物之中,也生长于一片荒芜和空泛之中。

比起耀眼夺目的风景,一个人懂得欣赏它另一面的淡和素,其实恰恰最需要内在的功力。

只有当你的内心装有更多饱满和丰富的东西,才不必被一切流于表层的风景所诱惑和裹挟。

2

随缘才是真正的大美

大多数人在旅行时,需要挑选合适的时间和假期,甚至要把许多事安顿好了以后,才能放心外出。但大自然却活在自己的节令、时序和规律中,从不会特意为了谁去刻意驻足和停留。

该开的花,它会在该开的时候开,无论此时此刻,有没有人欣赏;该结的果,它也会在该结时结,无论此时此刻,有没有人采摘。

这让我想起了唐代诗人王维曾写下的那一首《辛夷坞》。

木末芙蓉花,山中发红萼。

涧户寂无人，纷纷开且落。

有时，我们总是有一种惯性，要把所有的一切都掌握在自己手中。想看到的风景，一定要看到；想见到的人，一定要见到；想做成的事，一定要做到。

其实如果经常旅行，你会发现，人生的许多美好，恰恰在一切的可能，一切的未知，和一切不可控的机缘中。

我曾去了敦煌，特意去看莫高窟，但已经走到了景区停车场后，才发现要提前一个月买门票。

我也特意去看冰川，但当一路颠簸辗转、翻山越岭后，才发现我去到那一天正好大雾弥漫，白茫茫的一片什么也看不见。

我也曾特意去看泛舟游湖看芦苇，但因为去的时候，恰好快要到冬季，湖面很容易结冰，景区决定提前关闭，暂停开放。

但我却从没有后悔，每一次的特意，得到的是"失意"，有时旅行，或许还不真正是为了看风景，而是那一份出走的渴望，让我们可以感受和领略到遗憾中的那一份欠缺的美。

就如在《世说新语》中，那一则故事。

王子猷居住在山阴，一次夜里下大雪，他从睡眠中醒来，打开窗户，命令仆人斟上酒。四处望去，一片洁白银亮，于是起身，慢步徘徊，吟诵着左思的《招隐诗》。他忽然想到了戴逵，当时戴逵远在曹娥江上游的剡县，于是王子猷即刻连夜乘小船前往。经过一夜才到，到了戴逵家门前却又转身返回。

有人问他为何这样，王子猷说："我本来是乘着兴致前往，兴致已尽,自然返回,为何一定要见戴逵呢?"

或许,人生需要一份"吾本乘兴而行,兴尽而返,何必见戴"的开阔和豁达,原本我们在生活中,爱一个人,做一件事,都不是为了获得世俗意义上的圆满,而恰恰是为了丰富和饱满我们的人生体验和经历。

3

庸常的日子处处藏美

大多数时刻,我们常常抱着去见不一样的风景、去体会不一样的生活的心情,才特意去旅行的。

不同的环境和地域,生长着不同的植被,也呈现出不同的风貌,就如一句话说:骏马秋风冀北,杏花春雨江南。但我们很少在旅行中,去特别在意那一朵在自己门口就能看到的玫瑰花,也不会特别关注常见的那些树木、石头和杂草。

其实,哪怕有些风景你已经司空见惯,或者认为不足为奇,你都不应该以同样的眼睛去欣赏它。因为大自然中的一切景物,在不同的时间和季节,在不同的时刻和瞬间,都呈现出不同的美。你不能因为它普通,它常见,而去忽略它,更不能因为是为了去旅行,是为了不一样的风景,就不去在意它。

时时刻刻保持对周遭事物的观察和接纳,我们才能剔除掉所谓狭隘和局促的旅行目的和意义。

很庆幸的是,如今的我无论走到哪儿,哪怕在旅行途中,也能在普通寻常的风景中,窥见它们不一样的美。

我还是会认真地去闻一朵花的香，会耐心地等待一次日出，我还是会静静地去倾听大海的声音，也会发自内心地去称赞这朵花真美，这棵树真高，这朵云真白，这片天真蓝。哪怕这样的风景，也许我不止一次见过。

有时，我们总以为旅行是非要到达目的地，看到奇峰异景才算完美。如果一个人学会在一场仿佛声势浩荡的旅行中，也能窥见凡常风景的美，那么这一份特别的感受力，将会扎根在他每一天的生活中，被无数个美的细节和瞬间，所滋养和打动。

就如我们在日常生活中，仿佛每一天都一样，但其实每一天又都不一样，一个人必须有一定的智慧，去见识日常中蕴藏着的无限光芒和美好，那么他才不会向外求，也不会每次都需要靠出走和旅行，去寻找所谓的诗和远方。

美就在当下和眼前。

回归内心找自己

1

有一句话说：世界很大，我想去看看。这或许是许多人的心愿，也是许多人想要去追求的诗和远方。

大多数时刻，我们像是囚笼中的飞鸟，想要寻找可以自由伸展和翱翔的天空，我们厌倦了柴米油盐的琐碎繁杂，厌倦了披星戴月的劳碌奔波，也厌倦了家长里短的委屈和求全。

其实，看过世界后你或许会明白，有时出走的意义，恰恰是为了停留，就如离开的意义，又恰恰是为了重逢。

年轻时，以为世界很大，想要去看见和拥有更多。可随着年纪渐长，你会发现世界真的比你想象中还要大，但你却甘愿在广阔无垠的天地之中，寻找一片属于自己的归宿和落脚之地。

你还是会出发，还是会远行，还是会有想去的地方，但你不会再留恋，也不会有遗憾。

就如常年在外跋涉的旅人，走得太久，太远，你还是会疲惫，你还是会想家，你还是会想要房间里的一盏灯为你点亮，桌子上的一碗饭为你温热。

2

当然，在这个世上，也有少数四海为家的人，他们以天为被，以地为席，随处栖息。有时，你很羡慕他们，但或许这样的生活，并不是最适合你的，又或许即便你有这样的条件和能力，你也不一定承受和负担得起。

我们常常说，人生有太多的身不由己，其实你心里若没有牵挂，没有期盼，它们又怎会束缚和绊住你的身心。

心里装着全世界的人，就必然会放弃许多俗世生活中，诸如家人闲坐，灯火可亲的厚实和温暖。相反，心里哪怕有那么一丝丝渴望安稳的人，也很难放下触手可及的幸福，去浪迹天涯。

你必须承认的是，大多数人的一生，都需要在柴米油盐和养儿育女中，去完成和自我完整。

许多时刻，你以为你是少数中的一个人。其实你并不是真的厌倦俗世生活所带给人的那一种稳定的秩序感，你只是厌倦它沾着在上面的平淡和庸常而已。

3

都说人生实苦,人生如果都是甜的,那该多无趣。

年轻时,总想要放飞自我,以为毫无任何负担和压力,想走就走的生活很酷,很拽,很潇洒。可后来才明白,有时,在你的一生中,有值得你停下来与他相逢和同行的人,有值得你留下来为它努力和奋斗的事,有值得你肯割舍和放弃部分的自我,去成全和拥有的东西,该是多么幸运。

我们都很贪心,想要的太多,但同时我们放不下的也太多,所以我们总是过得不那么快乐。

原本,人生需要删繁就简去找自己,找那些真正对自己来说,最重要的人和事,而不是所有你想要的人和事。

所以,有时你想去全世界寻找的根本不是所谓的诗和远方,你真正要找的是你自己,是你渴望成为的那个自己。

尼采曾说过一句话,大概是:如果你知道自己要什么,那么你可以忍受任何一种生活。

日子苦不苦,生活累不累,这跟你是否可以出走,可以去旅行,可以去看世界,并没有太大的关系。

是你的心中,是否欠缺这么一种可以忍受平淡日常所带给人磨损和消耗的,那一个最实实在在的支撑和理由。

4

我和许多人一样，在忙忙碌碌的生活外，偶尔也渴望会有不顾一切说走就走的旅行。但我每次出发回来后，心感觉更静，更安稳，也更能安住在每一个扎扎实实的当下。甚至我比任何时候，都更清楚地知道，自己真正要的是什么，需要去承受的是什么，以及需要去完成的是什么。

旅行对我而言，除了是一种放松，更多时刻，是一种回归。

回归自己的内心中去，回归平凡的角色和生活中去，回归追梦路上的泥泞和坎坷中去。

其实，在这个世上，所有可以令你感到快乐和幸福的人和事，都不过是你生命中的一个摆渡和助力。你最终需要依靠自己的力量，跟自己，跟这个世界，跟这个只此一生仅可以来一趟的人间，好好相逢和说再见。

许多人都曾告诉你，世界很大，但他们都忘了提醒你，你的时间和精力有限，可能装不下全世界。

有时，你可以完完整整将自己装下去，你可以诚诚恳恳地去面对自己，你肯坦坦然然地去做自己，其实就已经足够。

什么是自由，大概就是哪怕你走到天涯海角，见过山川和湖海后，你依旧可以遵从内心，回来做自己。

自律和不自律之间，
差的是整个人生

1

疫情期间，许多人因为整天待在家里而缺乏锻炼，导致体重噌噌噌地往上涨，甚至有的人完全胖成了另外一个样。但在我身边，也有极少数人，他们居然能一直做到保持好身材。

他们其实也不是天生吃不胖，而是每天坚持合理控制饮食，而不是暴饮暴食；坚持每天做瑜伽、举杠铃、练马甲线，而不是彻底放纵自己。

记得我曾在知乎上，看过一个提问说，为什么要小心过年也吃不胖和长不胖的人？

有个高赞回答是，他们不是不容易发胖，而是不允许自己发胖。他们也不是对自己的身体严苛，而是对自己严苛。

也许大家都有这样的感受，你过得好不好，没人知道，但你长得胖不胖，别人一眼就知道。

其实，能够管理好自己身材的人，并没有什么了不起。但你又不得不佩服，那些十年如一日地管理好自己身材的人，他们看似在管理身材，其实是在管理自己的人生。

许多时刻，我们跟别人差的真不是那几斤几两的体重，而是体重背后藏着的自律，自我克制，以及自我要求。

2

在疫情期间，当许多人还沉迷在追剧、玩手机、打游戏中时，也有那么一些人，他们一直在不断学习和精进。

比如，有患病的年轻人，住进了方舱医院，却依旧能够摒弃外面的嘈杂和浮躁，聚精会神地躺在病床前看书。

比如，有即将面临高考的学生，他们在没有老师辅导，没有家长监督的情况下，也知道每天主动背书、练题和复习。

有一句话说，看一个人是否自律，给他一点自由就知道了。

有些人，把疫情当作自己懈怠、懒惰和拖延的借口，而有的人，却把疫情当作一次锻炼和打磨自己的机会。

其实，一个自律的人，无论在何种境况下，都能严格要求自己。不自律的人，永远都缺乏毅力和坚持。

记得富兰克林曾说："我从未见过一个早起勤奋、谨慎诚实的人抱怨命运不好，良好的品格、优秀的习惯、坚强的意志，是不会被假设所谓的命运击败的。"

其实，一个比你更能静下心来去学习的人，可能并不仅仅是比你多考几分，比你多几分知识，比你多几分优秀。**而是他们骨子里的自律，会慢慢拉开跟普通人之间的距离，直到最后令人望尘莫及，甚至翻转自己的人生。**

3

在疫情期间，许多人的生活规律完全打乱了。以前准时起床去上班的，后来也要等到日上三更起。以前晚上准时休息的人，后来也要熬夜到凌晨两三点。

其实，生物钟一旦紊乱，对身体非常不好，也严重影响一个人的健康，但许多人即便知道这个道理，就是无法管好自己。

在我的朋友圈，有这样一群作者，他们每天的早起打卡时间，依旧保持在凌晨五点半。每晚十一点，你也根本看不到他们发消息，通常这个时候，他们已经关了手机，进入了睡眠状态。

甚至更有牛人说，在大概两个月在家的时间，没有一天赖过床，也没有一天，玩到凌晨不睡觉。

因为每天早起，为他们赢得了更多时间读书写文章，也因为每天早睡，为他们保证了充足的睡眠和休息，所以他们即便足不出户，也依旧能保持健康，保持精力充沛，保证不断精进自己的底气和资本。

网上曾有一句话说：" 熬夜是因为没有勇气结束这一天，赖床是因为没有勇气开始这一天。"

那些早起早睡的人，看似作息比你更规律一些，看似整个人的状态比你更好一些，**其实他们比你更厉害之处在于，他们比你有行动**

力，比你更有执行力，甚至比你更清楚自己未来的目标和计划。

4

自律和不自律之间，看似是很小的差距。

从表面看——
比你能管住嘴，迈开腿的人，可能只是体重比你轻几斤；
比你更能沉下心来去学习的人，可能只是比你多考几分；
比你更能合理安排作息的人，可能只是比你有更多充裕的时间。

但从本质上来讲——
但凡比你自律的人，拥有比你更多的机会和选择；
但凡比你自律的人，总是比你更容易获得成功；
但凡比你自律的人，拥有了比你更多掌握人生的权利和自由。

其实，我们之所以羡慕或想要成为自律的人，是因为我们知道，只有自律的人生，才能拥有更多想要的东西。

但许多时刻，我们就是管不住自己的懒，管不住自己的拖延，管不住自己贪玩好耍的本性。

其实，想要做到自律是很容易的，只要你想要拥有好身材，只要你想要取得好成绩，只要你想要变成自己喜欢的样子。目标一旦明确，一切就变得轻而易举。

但真正做到自律，又是极难的。因为为了达到目标，你只有在枯

燥的重复中，苦行僧般的努力中，以及十年如一日的坚持中，才能实现去打磨和成就自己的愿望。

也许自律和不自律，在几天内，在一两年内不会有太多的差距，但在日积月累后，人跟人之间就有了云泥之别。

自律的人，不一定优秀。但优秀的人，必定自律。而不自律的人，必定不优秀。

你我共勉。

家庭的意义是什么？
这是我见过最好的答案

1

不知你是否发现，一个人无论年龄多大，无论看起来多么顶天立地，无论是否已成家立业，只要父母健在，他们永远是长不大的孩子。他们可以感受到来自父母最无私、最深沉、最厚重的爱。

老舍先生曾说："人，即使活到八九十岁，有母亲便可以多少还有点孩子气，失了慈母便像花插在瓶子里，虽然还有色有香，却失去了根。有母亲的人，心里是安定的。"

曾在网上看到一位父亲在女儿婚礼上的致辞，他对新郎说："第一个抱她的人，是我不是你；第一个亲她的人，是我不是你；第一个爱护她的人，是我不是你。而能陪伴她一生的人，我希望是你。不过，如果有天你不爱她了，你不要跟她说，跟我说，我会带她回来。"

我们曾以为，只有在我们是孩子时才需要父母的照顾，后来才明白,原来人这一生,都需要父母。你年少时,需要他们的教育和培养;你年长后,需要他们见证你的成长和辉煌,又或者在你人生最挫败时,需要他们对你的不离不弃。

有人说:父母在,人生尚有来处;父母去,人生只剩归途。所以,请善待你的父母,因为有他们在,你的奋斗和努力才更有意义和价值。

2

前几天,在地铁里听到几个妈妈在吐槽孩子。

有妈妈说,带孩子劳神伤财,又伤筋动骨,尤其在辅导作业时;有妈妈说,有了孩子,从此就有了始终割舍不断的牵挂和担心;还有妈妈说,有孩子之后,失去了很多自由,失去了许多潇洒的底气,甚至还为他忍受过许多无奈和委屈……

那既然如此,为什么我们还那么需要孩子呢?

我们需要孩子,需要他们帮我们找回童心,找回好奇心,找回最单纯的快乐和初心;我们需要孩子,因为他们可以成为我们内心最柔软的一部分,让我们在繁忙的工作之外能找到人生的安慰和支撑;我们需要孩子,因为无论我们对他们如何,哪怕偶尔生气争执,在他们的心里,父母永远是他们最爱的人。

有人曾说,孩子经常不知道父母有多爱他们。其实,父母可能也常常不知道，你的孩子究竟有多爱你。

珍惜你和孩子在一起的美好时光吧，抽空多陪陪他们。因为孩子很快就会长大。

3

网上有个问题是：什么情况下，你才更懂得伴侣的重要性？

有个高赞的回答说：在升职后踌躇满志却无人倾诉时，在良辰美景却无人分享时，在生病了急需一杯温开水时，在人生低谷最需要陪伴和鼓励时。

其实，即使你的另一半再完美，生活中都会有许多矛盾，需要互相包容、理解和体谅。

于大多数人而言，婚姻是一种风雨同舟的承担，是一份有福同享，有难同当的承诺，也是一种有人问你粥可温，有人与你立黄昏的平淡相守。

看过这样一句话："婚姻的纽带，不是孩子，不是金钱，而是精神的共同成长。"

在你最无助和软弱的时候，在你最沮丧和落魄的时候，有一个人扳直你的脊梁，要求你坚强，并陪伴你左右，共同面对风风雨雨。

这一生，执子之手，与子偕老，不嫌你老眼昏花，不嫌你两鬓斑白，依旧与你朝夕相处、冷暖与共的人，就是你该珍惜的伴侣。

4

我们为什么如此需要家庭？是因为家是我们身心的港湾，是我们人生的支撑点，更是我们生活中最大的满足和快乐。

因为有父母在，我们才会感到更加安心和坦然；

因为有孩子在，我们的生活才会如此丰富多彩；

因为有伴侣在，前行的道路才不再感到孤单。

家，是我们安身立命的最终归宿，也是我们拼搏奋斗的最初动力，更是我们生命中最强的盔甲和最柔的软肋。

愿你我学会珍惜，这看似最平凡却最珍贵的幸福！

生活本身，
自有万钧之力

1

前几天看了一则李子柒的采访。

主持人问李子柒，说看她拍了很多植物的一生，像水稻、小麦、青瓜等，为什么想要拍这么日常的东西。

李子柒答，每次有人问她为什么的时候，她都不知道怎么回答，生活哪有那么多为什么，觉得有意思就拍了。

然后主持人又问，像番茄、玫瑰，这些她也拍了好多次，是为什么呢，是喜欢吗？

李子柒说，喜欢肯定是喜欢，但不见得是主要原因。其实就是在生活，他们这儿的气候，就只能种那些作物，那些作物就在那儿，没必要说一定要避开。比如他们这个地方比较湿，所以就种一些油菜、小麦这些植物。开春以后就育苗各种蔬菜瓜果，比如黄瓜、茄子、丝瓜、葫芦等。日子就这样日复一日，年复一年，看似一样，又不太一样，一年四季不停地流转。春天的花，夏天的树，秋天的果子，冬天的雪，它们每年都会来，但每年又不太一样。它们也有自己的故事，不能因为它去年开过了，今年就刻意去避开它，它们都是自己真实生活中的一部分，所以你只需要当好那个讲故事的人就行了。

其实，我很赞同李子柒的观点。

我们总是在生活之外，去寻求生活本身的意义和价值，也在生活之外，去寻求许多你想要解开的谜底和答案。但许多时刻，生活本身就是最好的答案。

不能因为每天的日子都重复地在过，就觉得生活没有意思，因为日子本身就充满了无数有趣的东西，你只是欠缺一颗去发现它和欣赏它的细心、慧心和耐心。

2

主持人柴静曾在《看见》这本书中，写过这样一件事。她曾在看《读库》时，发现《霸王别姬》的编剧芦苇在写杜月笙的剧本时，用了很笨的方式整理史料。这部剧的导演知道后，说觉得主题没新意。但后来芦苇批评这位导演的作品说道："只刻意求新，为赋新词强说愁，所以矫情虚妄。生活并不需要时时有新的主题，即使是华丽的《霸王别姬》，力量也在于真实的市井人性。"

许多时刻，我们只是一味地去求新，求变，求不一样，其实生活的本质常常是朴素且平凡的。

有时，你会发现真正好的作品，它刚开始读起来都平平无奇，甚至让你觉得熟悉到觉得这简直太家常、太普通、太没有必要写了，但如果真让你写，或许你又会发现，这看起来最简单的东西却是最难写的。

就比如我们大多数人即便在丢了书本二三十年后，依旧会在提起父爱时，总会自然而然地想起朱自清先生的《背影》，这并非因为文章中用了多么优美和华丽的词语，也并非因为它创造了另外一种独树一帜的表达方式。而是恰恰在于在这篇文章里，每个人都可以在里面找到自己父亲的影子。

所以无论是写文章，还是做其他任何事，我们最应该注重的不是它的外在形式，而是你的内核中，有没有真正可以引起他人共鸣和共振的情感体验和感受。

3

我常常觉得，当一个人见过更大的天地、山川和世界后，他整个人看起来往往是朴实无华的，不张扬，也不喧哗。就好像一颗普通的小石子，被随意抛掷在大海之中，与周遭万物融为一体，不会刻意去引起多大的波涛和涟漪。

因为他们拥有丰富的人生经历和阅历，可以让他们更深刻地体悟到生活本身，自有万钧之力。

只有你愿意，更深地潜入生活的最深处，你才能发现它里面存在的秩序和规律，从而在不变中求变，在有限中求无限，在已知中求未知。

其实，人生中的每一个人，每一件事，都藏着丰厚的宝藏，只有当你从生活的表象中跳脱出来，更愿意去了解生活本来的面目和全貌时，才有可能获得生活给予的犒赏和回向。

许多时刻，我们极力地想要逃脱平凡，摆脱普通，甚至想要以更多大胆的、猛烈的、冲动的热情，不断地给生活带来无论是感官视觉上，还是精神内核上的冲击。

其实，生活本来就是由无数个微不足道的细节组成的，有时我们看似厌倦了生活，其实是厌倦了那一个喜新厌旧，物欲横流，虚无且浅薄的自己。

一个人能沉下心来，踏踏实实地去过日子，其实并不是一件容易的事，因为只有在千帆过尽以后，你才能心平气和地悦纳自己的平凡。也只有在平凡中不断地打磨和修炼，你才能变得愈加辽阔和宽广。

所以，人生当中所有的智慧，我们无须向外求，随手可拾的生活就是最好的导师和导演。

他说："真实自有万钧之力。"

努力是这个世上，
最大的天赋和才华

1

最近在看一本书《福楼拜的文学书简》。

法国大文豪福楼拜写了一本世界名著《包法利夫人》，堪称字字流葩，语语泛珠，被我自己视为小说中的《红楼梦》。

他性格里有一处特别打动我的地方，就是他对自己和他人的真诚和坦率。

他曾在给乔·治桑的书信里提到：

> 在无穷无尽的摸索之后，我能表达只是自己思想的百分之一！您的朋友不是一个容易冲动的人。不，完全不是那样的。比如，我反反复复弄了两整天，结果连一个段落也没完成。——有时我简直想痛哭一场！

> 不过，有些日子里，我觉得自己连白痴都不如。

> 现在，我养了一缸金鱼，看看也开开心。在我进餐时，金鱼

与我相伴。对这么庸常的事物感兴趣，蠢得可以！

说我是一个"神秘的怪物"，哈哈！恰恰相反，正好相反！我觉得自己平庸得令人作呕。我常因自己根深蒂固的小市民气息而感到烦恼。

我向您起誓，少有像我这样毛病多多的人。我想得多，做得少。

一个文学天才和巨匠，肯放下自己的名望和骄傲，肯直面自己的缺点和不足，这是比天才和巨匠还要宝贵的精神品质。

2

我看过许多作家的采访、自传和演讲。由此我有一个特别奇怪的总结，越是大人物，如莎士比亚、巴尔扎克、维克多·雨果，反而对文学的态度越是敬畏，越是谦卑，也越不知道自己作品的伟大和不朽。

它们总是反复强调自己的无知，甚至把自己取得的自认为小小的，但对世界来说巨大的成绩，当作勤奋苦学的一点果实而已。

反观一些稍有名气的作家，他们总是提到写作就是需要天赋和才华，他们自己本身并没有很用功，也没有很费劲，就写出了还不错的代表作。

诚实地讲，做任何事都要一些自身的机缘，尤其是艺术，它更要讲"感觉"。写文章要有一点感觉，跳舞也要有一点感觉，弹琴也要有一点感觉，这个感觉，学不来，也教不会。

诗人陆游曾说过一句话："文章本天成，妙手偶得之。"于是很多人以此作为盾牌，在文坛上，取得一些成就的人，可以说自己是妙手，天生就会写文章。没有写出名气的人，就自认是笨手，再努力也欠一点，骨子里自带的东西。但我认为，一个人在写出作品前，谁都没有资格，去评判和否定他是否有文学的天赋和才华。

甚至我也并不觉得在写文章这件事上努力和勤奋，是一件多么耻辱的事。

但仿佛一旦你承认自己下了功夫，承认自己努力去读了很多书，努力去向前辈学习写作的经验，努力去积攒生活的体验和素材，就丢失了文学天才的气质和桂冠。

恰恰相反的是，福楼拜在给莫泊桑的一封信里提到："我不知道你有没有才气。你带给我的东西里面表明有，但是青年人，你永远不要忘记，天才就是长期地坚持不懈。努力去干吧！"

我浅薄地以为，在某种意义上，一个真正的大师，无论是在文学领域，还是其他领域，他都不会去否定在这个世上，绝大多数人可以做到的勤奋和努力。因为他们没有自卑感，所以不需要靠天赋和才华去显耀自己。

3

我是一个很笨的人，写文章是，任何一方面，都是。常常有人质疑，为什么我总可以写一些励志鸡汤文，频频上稿所谓的官方大媒体，且他们的写作水平都在我之上。

其实，我唯一的优点，不是大家以为的聪明，也不是大家以为的懂得抓住机会,而是我知道自己笨。

因为笨,所以要比别人更努力,也因为笨,我也走不了捷径。所以别人一年写十篇文章,可以上稿五篇。但我一年写三百六十五篇文章,可以上稿十篇,于是大家都说我运气好。

你如果问我有没有文学的天赋和才华,我可以诚实地回答:绝对没有。在这一点上,我非常有自知之明。

但我不确定是自己笨,所以才喜欢那些总是鼓励我说文学也需要下苦功夫的人,还是因为文学本身不需要下苦功夫。

我只知道,在我迷茫和困顿时,是那些也需要极度勤奋和努力的大作家告诉我,他们也没有很多天赋和才华。于是,他们给了我巨大的鼓励,信心和勇气。

我也不确定他们是不是为了安慰我,所以说只要努力就可以,其实有时,我努力,并不是要求得一个非要成功的结果,而是我知道我还可以努力。**即便我不成功,但文学的大门从未放弃过我,一直向我敞开着,无论我是否可以走进来,我的全部奔赴都找到了价值和意义。**

其实,在努力这件事上,一个人千万不要以自身天生且优越的条件,去强调一些别人无法改变的抗力。

在这个世上,没有任何人可以绝对地去预见别人究竟有没有天赋,有没有才华,有没有做成某一件事的机会和可能。

比自夸有天赋和才华,好心劝诫别人你绝对不会成功更严重的事,是你彻底抹灭了别人的希望。**毕竟大多数人,是因为有希望才活**

着，不是为了成功才活着。

　　文学是给人带来希望的，很感谢福楼拜给了我这份希望，我也会继续将这份希望，传递下去，我希望它永不熄灭，事实上，它必将永不熄灭。

万物皆由心造

1

佛说：万物皆由心造。这句话初看时，不免觉得有些唯心主义，甚至在物质层面，也违背了自然科学的规律和法则。

《金刚经》里又说：一切相，皆是虚妄。这句话就更难理解了，我们所觉知和看见的世界，明明白白地呈现在我们眼前，怎么能被看作一片虚无。

但想来在《心经》里也有一句让人难以捉摸的话：照见五蕴皆空，度一切苦厄。

一个人所有的观察、体悟和感受，在这里看来，也都是一场空。但于世间众人，快乐和痛苦的感受却是那么地爱憎分明。

有时，人生之所以美妙，或许恰恰就在于它有那么一部分困惑，一部分未知，让你不断地去和致知。

2

万物皆由心造。所谓的心,不过是一个又一个的念头。佛说:一念成佛,一念成魔。我们自己就是自己的佛,自己也是自己的魔。有时,你觉得这个世界很美好,有时,你又觉得这个世界很糟糕。其实,世界还是这个世界,它并没有好坏,但因为每个人有各自的思绪,所以它才呈现出万千变化。

今晚的月色,美,或许是因为你心里美;今晚的月色,凉,或许是因为你心里凉。

月亮还是五千年前的月亮,甚至是李白、杜甫那个时代的月亮,但因为它是在你不同心境下的看见和感知,月亮才会随着你心境的变化而变化。

所以,有时我们大可不必刻意去改造外物世界,甚至有这样近乎盲目和无知的想法。你改造了自己的心,也就相当于改造了你所看见的世界。而真实的世界,实质上不以人的意志为转移,也不被任何人所改造。

3

一切相,皆是虚妄。

我们看见和感受到这个世界的相,常常是我们自己执着出来的那个相。如果一个人有眼疾,那么他看到的灯光是昏花的,但灯光本身并不是昏花的;如果一个人有鼻塞,那么会感到呼吸困难,但空气本身却一直是自然流动的。如果一个人能真正了悟到"自己"所看见的"相",其实都是不真实存在的,就会少很多烦恼和妄念。

比如,有人骂你时,通常我们本能地会感到愤怒,但导致你愤怒的,从来不是那个骂你的人,而是你自己太过执着。

你执着于别人对你的评价,你执着于别人对你的辱骂,你执着于自己的感受和想法。

原本,自己这个东西,在更深的佛学意义上,也是不真实的存在。当你放下"自己"这个观想,就会变得轻松和自在。

我们所有的感受和看见,因你的执着生,也因你的执着起,但不执着时,它便消失得了无踪迹。

世间所有,大抵如此。

4

照见五蕴皆空,度一切苦厄。

其实,每个人感知世界时,都带着个体本身的偏见,因为有了偏见,才有了妄念,也因为有了妄念,才滋生痛苦和烦恼。

当我们很想得到一样东西,但又得不到时,这个"想",它不断地在折磨着我们,让我们食不甘味,夜不能寐,甚至为之颠倒痴狂。

大多数的人为了消解它,就试图去得到它,以为这样就可以消解自己的"想"。但少数智慧的人,却知道这个"想"其实也是自己的妄念,当你不妄生,这个欲和想,就都会化为泡影。

学佛问禅的人，因为无所执着，也就无法念。一旦你生起五蕴的分别心，痛苦就即刻显现。也许于凡夫俗子，很难做到无所求，无所欲，无所观，无所想，甚至也很难把"自己"彻底丢掉，但如果我们清醒地觉察到了它的缘起，皆是自己的执着，虽然不能度一切苦和厄，但也就不再将这一切归咎于除自己以外的周遭万物。

5

我们读了很多很多书，学了很多很多知识，以为是让自己变得更渊博，但事实上，我们是想让自己变得更智慧。

渊博是向外求，是你企图了解和领会更多关于人类生存的经验和总结。但智慧是向内求，是你慢慢地从了解世界，了解别人，最终回归到了解自己。

在中国的哲学体系中，有儒释道三家做庞大的支撑，虽然它们之间的思想大相径庭，但它们的本体却是相同的"我"。

儒家教我们入世，道家教我们出世，佛家教我们认识自己。

所以我们信奉孔子的吾日三省吾身，信奉老子的和其光，同其尘，也信奉佛家的祸福无门，唯人自召。

如此看来，一个人其实根本不需要去改变世界，也不需要去改变别人，你真正要改变的人，就是你自己。

为什么要坚持运动？
这是我见过最好的答案

1

在知乎上，曾有一个问题：你在哪一个瞬间，觉得运动有用？

有个高赞回答是：当电梯停电只能爬楼梯时，当你不用为哪一餐吃多了会发胖而烦恼时，当你很坦然而不是害怕去拿体检报告时。

虽然运动的好处比比皆是，但真正爱运动的人，少之又少。许多时刻，我们总会以各种理由拒绝运动。

比如，你总是嫌运动浪费时间，但你并不知道当你去医院排队看病时，需要花多长时间。

比如，你总是嫌运动太耗费精力，但你并不会知道当你受病痛折磨时，需要花费多少精力。

比如，你总是嫌运动没有明显效果，但你不知道当你躺在病床上打针吃药时，效果究竟有多慢。

诚然，运动并不是万能的。但喜欢运动的人，大多有更强健的体魄，甚至拥有更良好的心态；而不爱运动滋生出的问题，却常常容易被我们忽略，甚至你会为此付出巨大的代价。

2

其实，运动不仅起到了锻炼身体的作用，还会让你的心情变愉快，让你拥有更多的幸福感和治愈力。

有个网友说，自己跟女朋友分手的那段时间，情绪特别低落，心情也特别糟糕。

从那时起，他就爱上了跑步。原本是想发泄心中的压抑，没想到越跑越精神，越跑越容易忘记烦恼，于是他开始坚持每天跑步，有时实在不想动弹时，也逼着自己跑完五公里。但后来他发现，虽然跑步时，肌肉会有酸痛和不适，身体会有疲惫和乏力，但当他一次又一次战胜自己后，会发现原来不快的事情都在跑步中被抛之脑后，很快他就从失恋的阴影中走了出来。

不知你是否发现，那些爱运动的人好像都比较乐观，他们很少会为什么事而烦恼不堪，也很少会陷入情绪的低谷。

运动并不能帮我们解决实际遇到的问题，但它可以帮你调整状态，让你能拥有一个更加积极乐观的心态，去面对生活中诸多的不如意。

3

大多数时刻，许多人也反复尝试过运动，但总没有真正体会到运动给自己带来的诸多好处。

比如，有的人为了减肥，也曾在大清早起床跑十公里，但体重也没见少，反而不运动了，还立马反弹。

比如，有的人为了健康，也曾坚持过慢跑、深蹲、举哑铃，但好像花了大量时间和精力，也不见起色。

比如，有的人为了减压，也曾在遇到麻烦和问题时，去到健身房大汗淋漓一番，但除了出汗，好像心情也没有变好一点。

其实，运动并不会给你立竿见影的效果。唯有每一天都锻炼，让自己不懈怠，不偷懒，不放弃，才能在日复一日的坚持中，真正体会到自律给你带来的好处。

你不必在心血来潮时，给到自己多大的运动强度，但哪怕你坚持每天跑一公里，时间长了，也自然会看出变化。

你也不必急于求成，总是要在跑一次步，流一次汗，做一次运动后，就看到效果。你只管坚持，时间会给你答案。

你也不必带着很强的功利心去运动，也许刚开始你会逼着自己，但当你沉浸在运动的过程中时，自然而然就会感到快乐。

4

许多时刻，我们都知道运动的必要性，但真正行动起来的很少。无论你是出于何种原因拒绝运动，你总要知道，无论任何理由，都没有你的健康重要。

不要以为运动会很累，你长期久坐不动，会更累。

不要以为运动费时间，你少看几分钟手机，也就腾出了空。

不要以为运动是可以缓一缓、放一放的事，因为疾病来时不会给你时间做准备。

所以，请不要犹豫，也不要等待，也不要三分钟热度。给自己制订一个适合的健身计划，不需要跟别人比运动时间的长短，也不需要跟别人比运动速度的快慢，更不需要跟别人比运动强度的大小。

或许，你只需要每天花半小时，换上跑鞋，穿上运动服，就可以锻炼身体。

或许，你也不必去健身房，哪怕在楼下，在小区，在家里，也可以做很多运动。

或许，你也不必给自己很大的压力，只要每天都能做到坚持锻炼，时间长了，也自然会有很大的收获。

到最后你会发现，运动和不运动，拥有的是不一样的人生。

知道自己要什么

1

一位登山运动员，有幸被选中参加了攀登珠峰的活动。原本大家都对他寄予厚望，以为他一定可以登顶，但他在海拔 6400 米的高度时，却因为体力不支，选择了放弃。

后来，当他讲起这段经历时，大家都在替他惋惜，因为所有人都觉得他完全可以再坚持一下，再多攀登一点高度。

但他却非常淡然地说："不，我最清楚，6400 米的海拔是我登山生涯的最高点，我一点也没有遗憾。"

这个故事特别打动我的地方，在于这位登山运动员有一颗平常心，他不把实现别人对他的期待作为人生的最终目标，而是清楚地知道，超越自己的极限就是最大的成功。

在生活中，我们常常会迷失，有时你会发现，你可能忙碌了大半辈子，但到了最后，却忘了自己真正想要的是什么。

许多时刻，我们常常会被他人的言论和评价所捆绑，在不断地比较和追逐中，而忘了自己出发时的目的和方向。

人只有时刻谨记自己要什么，要做什么，以及要完成什么，他才不至于偏离预设的人生轨迹。

2

在电影《爱丽丝漫游奇境记》中，有一段经典对话。
"请你告诉我，我该走哪条路？"爱丽丝问。
"那要看你想去哪里。"猫答。
"去哪儿无所谓。"爱丽丝说。
"那么走哪条路也就无所谓了。"猫说。

在生活中，许多人都没有真正明确的人生目标。他们的迷茫，并不是不知道该如何取舍和抉择，而是当他们不知道自己要什么时，再多的选项都成了多余的迷惑。

对一个不知道自己要飞向哪里的人来说，即便给他整片天空，他也无法真正飞到想去的地方。

对于一个不知道自己要走向哪里的人，即便给他万千条可供选择的路，他也无法抵达最终的罗马。

对于一个不知道这辈子应该怎么过的人，即便你给他规划好所有的前程和未来，他也无法真正过好这一生。

许多时刻，困扰我们的，不是前路迷茫，而是你连前路在哪里都不知道。

许多时刻，阻碍我们的，也不是走投无路，而是你根本找不到所谓路的方向。

3

也许有人会问，如何才可以找到自己，真正想要的是什么。

有些人很幸运的是他们很早就知道自己想要的是什么，也一直坚守在那一条路上，心无旁骛地往前走。但对大多数普通人来说，我们可能要花一生的时间，去寻找，甚至有的人要到了七八十岁才找得到。

我们不能有懒惰心理，企图靠别人给你引路，就可以万无一失地选择最对的那条路。也不能有侥幸心理，以为四处碰碰运气，就可以轻而易举地迎来柳暗花明的时刻。

有时，你要自己去尝试，去体验，去经历，才可能拨开云雾见青天。

有时，你要自己去吃点苦和亏，受点累和罪，才可能守得云开见月明。

当你不知道自己该怎么办，也不知道从何入手时，你缺乏的不是方法，也不是经验，而是踏踏实实地去践行。

你不必怕犯错，也不必怕走弯路，当你不想着去走所谓的捷径时，反而真正走了最大的捷径。

4

不知你是否发现，也许有些人一开始坚定地走自己的路，但当他们面对周遭的诱惑时，就很可能迷失自己。也许有些人好不容易找到了自己，但在一片质疑和否定声中，迫于巨大的压力，放弃去做自己。每当这个时刻，你都要记得，反复去考问自己，在抛开一切世俗的功利取舍外，你真正想要的是什么？

有时，一个人想要的东西，也许跟大众希望你拥有的东西有所冲突，甚至背道而驰。但此时你就需要自己去掂量，究竟哪一个对你来说最重要。无论你最终选择的是什么，总之要记得，一个人活着，要有一以贯之的人生价值观。

活成别人喜欢的样子，还是活成自己想要的样子，你要有自己的选择和判断。

有时，我们所遇到的矛盾和冲突，恰恰在于你在两头之间摇摆不定，就会有纠结和犹豫。

发光的日子，
应该有书在

1

又是风尘仆仆的一天。

下班回到家，立马打开书房，开了灯，看到一排排的书，那一刻感到自己瞬间拥有了全世界。

如果有人问我，什么是我心目中的理想生活？那么我会很果断地回答：有书在的日子，就是我想要的诗和远方。

我也曾无数次想过一个问题，如果拿很多钱，或房子、车子，去交换和掠夺我每日阅读的习惯，我会不会同意？

也许我会有一些动摇和犹豫，甚至在心里试想和盘算过，我拿着这些钱吃好、玩好、环游世界该多好。

但如果真要我选，我还是不会去换，倒不是书里真有所谓的"黄金屋"，而是当我整个人浸泡在书籍的海洋中时，就会感到整个身心都有了安顿之处。

看书这个习惯已经长进了我的身体里，每天与我如影随形。也许我可以去追求更好的物质条件，但如果以它为代价，就像我们要锯掉自己的一只手、一条腿，去换一个所谓富裕的生活，我想不会有任何人会做出这样愚昧的选择。

2

读书究竟有什么魅力，很难用两三句话就把它说清楚。但可以确定的是，只有读书的日子，我才会感到自己是饱满的，有厚度和光泽的。

就跟我们打扫房间一样，你需要每天去擦拭你内心中的灰尘，它才会始终保持整洁和明亮，也只有当你不断地往房间里放入更有深度的东西，才会使你的内心变得更加丰腴，而不至流于浅薄。

偶尔我也会忙到没有时间看书，但缺了书的滋养和润泽，我整个人就变成了一朵枯萎的花儿，失去了蓬蓬勃勃的朝气和生机。

或许每个人的生命中，都有一些让你着迷的人或事，或是一些器具和物体。它们仿佛一股无形的力量，隐藏在你的身体里，让你心甘情愿为之付出一生当中大部分的时间和精力，甚至花掉一生中全部的心血和积蓄。但也恰恰是这样一种不求回报的初心和热爱，让我们的生活变得如此无用，又如此值得；如此徒劳，又如此拥有。

3

我常常觉得，自己应该感谢很多无论是读过的，还是未读过的好书、好作家、好作品。是它们让我一天一天地、不断地去超越过去的自己，以及不断地去挖掘出更多未知的自己。

作为一个极为平凡的普通人，我借助书籍，跳脱出了日常生活中大部分的琐细，也给自己创造出了更多可能和奇迹。

这样的奇迹，不是升官发财，也不是一夜暴富，而是你每天醒来，都会发现这个世界是新的，当越来越多好的知识和智慧，慢慢涌入你的脑海里时，你就在日积月累中，给自己创造了一次又一次重生的机会。

记得罗曼·罗兰在《约翰·克里斯多夫》中写过这样一段话："大部分人在二三十岁就死去了，因为过了这个年龄，他们只是自己的影子，此后的余生则是在模仿自己中度过，日复一日，更机械，更装腔作势地重复他们在有生之年的所作所为，所思所想，所爱所恨。"

读书，让我发现自己每一天都是活的，是有思想地活，是有价值地活，是有目的和意义地活。而不是被抛掷和淹没在茫茫人海，像附着在时代洪流中的一粒渣滓，轻飘飘地活，盲目和麻木地活。

4

有时，我一个人待在书房，可以一整天不出门，在十平方米左右的狭小空间中，内心感到特别平和且满足。仿佛在这个世上，再也没有多余的东西值得我去追求，也再也没有任何美景，值得我去欣赏。

甚至有时我会想，如果某一天，当我失去生命中那些最重要的人时，我的内心不会有彻底落空的感觉；当我失去生命中最重要的东西时，我不会真的感到一无所有，抑或在人生最艰难的时刻，我也不会让自己一蹶不振。

书籍总能在无形中给予我源源不断的勇气和力量,让我在悲喜交集的人生中,可以做一个足够单纯且坚忍的修行者。如果说在这个世上,有什么可以治愈和抚慰人的疗药,我猜想那大概就是书吧。它也许给我带来了孤独的本性,也赋予了我沉默的性格,但正是这些看起来淡然的品质,让我有强大的内力足以抵挡世事的诱惑和繁华,无论在何时何地,都可以回归到本心,去完整地做自己。

读书的每一天,我都感觉自己身上长出了光。它一旦亮起,就绝不允许熄灭,想要长久地延续它,就只有长久地把书读下去,读到天荒地老,读到海枯石烂,读到生命的最尽头。

感受你自己

1

一个朋友最近疯狂迷上了音乐。她像麦哲伦发现新大陆般惊喜，因为她发现，自己虽然已经人近中年，但除了喜欢弹古琴外，原来还有别的更大的爱好。于是，她拿出了发愤图强的信心和勇气，每天都花大量时间上音乐课，看音乐书，练习发声。连平时走路，也都戴着个耳机在唱歌。

前几天她给我打电话，我听出了她声音不对劲儿，说几句话就在咳嗽。一问才知道，原来她因为练习过度，再加上方法不当，唱坏了嗓子。医生建议她至少三个月内都不要再唱歌了。

其实，我早就看出了她的着急，原本想委婉地提醒一下，但这样的事很难劝，毕竟当我们自己迫切地想要做一件事时，那种十头牛也拉不回的架势和偏执，也是跟她现在差不多的。

我对她说，如果真的很喜欢音乐，不必急于这一时一刻，细水长流嘛，反而越火热的三分钟热度，越容易在这个新鲜劲儿过了以后，快速失去兴趣。

她说，其实自己唱歌，也不是为了唱成一个著名的歌唱家，她就是觉得身边跟她差不多的歌友，都唱得比她好，而且她们都说她的音质很好，但就是没有唱出感情来，于是她有些不服气，甚至还多次为自己辩解。

我一听立马就发现了问题，原来她努力练习唱歌的原因，有很大一部分是想要赢得他人的认可，或者说是想要赢过身边那群唱歌的朋友。

于是我又对她说，其实无论是唱歌，还是跳舞，或者喜欢上其他的艺术，最终的目的，都是感受和抵达自己。要先把自己给唱感动了，才能去感动别人，只有自己享受了音乐，别人在听你的音乐时，才会有享受的感觉。

2

她当时特别激动地说："我怎么就没想到呢。"其实她并不是没有想到，而是当一个人太急功近利地去做一件事时，就容易脱离做这件事的初心，自然也就容易被外在的功名利禄，诸如掌声、赞美、荣誉等所困扰。

然后我继续对她说："其实唱歌，就如一个人去到山谷喊话，你心里有什么，唱出了什么，山谷就会回应你什么。带着自己的感情去唱歌，别人就肯定能听出感情来，如果你没有把自己给感动，或者没有先让自己去全然地享受音乐，又怎么会去调动起别人的情绪，真正打动别人的内心呢？"

她听了后，反问我说："你又没学过音乐，甚至平时也从来没听过你唱歌，怎么你就这么懂音乐？"

我说："其实真正的音乐，是内心的表达，它没有界限，也没有语言和文化的限制，如果你真的用了心，至少在情感上就可以引起他人的强烈共鸣。其他的事，其实将它们上升到哲学的层面，都是一个道理。"

朋友听后非常感动，她说："从今天起，我就要按照你说的那样，我先不管技巧好不好，我先努力把自己唱感动。"

我说："相信我，当你把所有专注力都放在感动自己上时，就同时会感动到别人，因为感情是用心去感受的，这是再好的唱歌技术和水平，都很难达到的一个高度和境界。"

许多时刻，我们总以为真正的高手是向外求得对自己的认可，但诚如一句话所说：每个人的本性，无须外求。无论做任何事，最终它给予你的，一定是从你自己身上表达出来的东西，无论是音乐，还是写作，抑或其他，皆如此。

3

接着她又跟我聊起了最近在弹古琴，她不仅把手指磨出了厚厚的茧，还差点把大拇指给弄破了。我说："不应该呀，你又不是新手了，即便训练时间过长，也不会磨成这样。"

她无奈地说，自己新换了一个古琴班，因为这里的老师都知道她有一定的基础，弹得也很好，所以总是在课上表扬她，这让她觉得，无论如何也要保持住所谓高手的称号。

刚好下个月她要去参加一个古琴比赛，她说自己一定不可以落后，万一得不到一个好的名次，会让自己颜面尽失，而且也会让其他同学瞧不起她。

我反问她："你弹古琴的目的是什么？"她突然愣住了，努力去想这个问题的答案。毕竟古琴是个冷门乐器，而且难度很高，不仅琴谱难学，琴弦难弹，懂的人还很少。

其实，无论是学一门乐器，还是做其他事情，最终我们花时间去钻研，并不是为了所谓的考级、成名和得利等。最重要的是，你自己要能从中感受到真正的喜悦、满足和快乐。

就是当你失去观众、失去关注、失去所有的支持和认可时，在某一个孤独的、特别想要表达自己的时刻，总有一件事可以给你的心灵打开一扇窗户，让你能够呼吸到新鲜的空气，也能让你的思想和情感，有所驻足，有所供养，有所栖息。

4

或许我们现在常常会有这样的感受，当你听许多现在创作出的音乐时，总会感受到其中的浮躁，当你看如今大多数人写的文章时，你也总能感觉到其中的心急火燎，甚至急功近利。其实无论任何事，当他缺乏沉淀和积累，当创作者或者表达者本身没有足够的定力和静气，他所传达出的东西，就不会给人朴实、纯粹和敦厚之感。

为此我也常常反省我自己，有没有足够真诚地去面对自己，面对我写的文字，面对我想要抒发的情感。

当一个写作者在自己的语言和表达中都找不到自己想要的东西，那么它也就很难让读者凭空去想象，写作者隐藏在自己内心深处的，连他们自己也很难描述的足够准确和清晰的那些体验和感受。

或许每个人都要经历一段迷茫的、困惑的、不知所终的寻找，而当有一天，你终于真正拨开层层迷雾，走出森林，走出迷途，走出你心中的枷锁和囚牢时，就会突然顿悟，就会豁然开朗。原来你所有的追求和信仰，其实无论是任何东西，你都得从自己身上找。

你唱了一首歌，你不应该去问别人好不好听，你先问问你自己的心它是否觉得好听。

你弹了一首曲子，你不应该去问别人优不优美，你应该问问自己，你是否感受到了其中的优美。

你写了一篇文章，你也不应该去问别人，你写得诚不诚恳，你也应该问问你自己是否感受到了其中的诚恳。

著名设计师山本耀司说过，"自己"这个东西是看不见的，撞上了一些别的什么，反弹回来，才会了解"自己"。

其实，人只需要时时刻刻去观照自己，去反省自己，去检讨自己，不需要借助去撞其他东西，就能对自己有一个清醒的认知和觉知。

日常的心定

1

《金刚经》的开篇,有这样一段话,熟读成诵,甚合心意。

如是我闻,一时,佛在舍卫国祇树给孤独园,与大比丘众千二百五十人俱。尔时,世尊食时着衣持钵,入舍卫大城乞食。于其城中次第乞已,还至本处。饭食讫,收衣钵,洗足已,敷座而坐。

在这里,佛既没有金光披身,比丘也没有大彻大悟,甚至连讲义经书的内容,也未明说是多么博大精深。

它仅仅讲了佛如何穿衣吃饭,如何化缘乞食,如何传教的一个极其平常、普通,甚至看起来有些琐碎的过程而已。

有一句话说:道不远人,人自远之。

其实,真正的修行,往往就是在日常的一蔬一饭、一呼一吸、一言一行中,去戒持,定心,增慧。

2

近些日子,感觉到自己的内心越来越平和了。这样的平和,不是没有斗志,没有上进心,没有向前奔跑的力量,而是一种在简单的生活中,寻找到了一种素朴的美,笨拙的坚定,和天真的快乐。

吃饭时,就专注在当下,把每一粒米咀嚼出香甜的滋味。

睡觉时,就让自己彻底地放松和归零。

连同发呆时,也可以让自己,全然享受在那既静谧又丰富的瞬间。

曾经非常期盼自己能过上与众不同的人生,或是遇到一个志同道合的人,或是做成了一件心仪已久的事,又或者有一次轰轰烈烈的生活体验。

但在苦苦追寻,苦苦跋涉后却发现,这些看似鲜衣怒马的生活,是那么不真实,不诚恳。它看似可以激动人心,其实同样也令人躁动不安。

当我偶尔管不住自己的浅薄、无知和虚荣心,为了某件事感到沾沾自喜时,内心就会涌出一股犹如潮水般的慌乱。那一刻的我,会瞬间感到羞愧,同时努力调整自己,平复情绪,好让自己的心,能回归到平和中去。

而当我被日常生活中的挫折、麻烦和困难所纠缠时,说抱怨的话,做自暴自弃的事也并不能缓解我的焦虑,反而是一次又一次地静静忍受,静静反省,静静承担,能让我在缓慢且沉稳的步伐中,走出困境和泥沼地。

唯有在不悲不喜的平稳状态中，我感觉整个人就有了脚可以踩在土地上的踏实感。而踏实，就会让人感到心安，心安其实就是幸福呀。当然这样的心态并不易得。人在风平浪静时，定得住不算真本事。要在坎坷中去磨，去淘洗，去淬炼，才能反映出你真实的内在功力。而每当我感到语言匮乏，观察力迟钝时，就知道自己已经有些许浮躁，更严谨地说，是该把心沉下去，好好读书了。

虽然书每天都在读，但读得越多，整个人就感觉越无知，对知识的渴求也越来越强烈。

以前读书，仅仅限于每天利用闲暇间隙，读够两个小时就行。如今读书，还需要每天都有新的领悟，新的思考，甚至新的疑问。若没有突破，仿佛这一天都白过了。而这些在外人看来枯燥、乏味，仿佛苦行僧般的读书时光，却在潜移默化中，细水长流般地滋养我，净化我，洗涤我。

它们让我慢慢地找到我自己，也让我越来越坚定自己想要走的路，甚至它让我的内心变得更加澄明，纯粹和自由。

当然，这一切的变化仿佛也找不到源头，因为不知道具体是受了哪本书的影响，也不知道是哪位作家彻底感化了我。或许是叔本华的"要么庸俗，要么孤独"，或者是毛姆的"满地都是六便士，他却抬头看到了月亮"，又或许是雨果的"世界上最大的是海洋，比海洋更大的是天空，比天空更大的是人的胸襟"。

总之，这一路走来，虽常有不顺，但依凭这些好书，好文章，好学问，它们一路护持我，在前行的途中，能依旧保持少年之心，对追求，对理想，对未来，有着最虔诚的相信和热爱。

3

当一个人的内在越来越富裕充沛,他对物质和欲望的要求就会越来越少,也会变得越来越朴素淡泊。

也不知从什么时候开始,我的生活开始变得简单。有时出发,就背着书包装上几本书,仿佛就可以走到天涯海角。有时静坐,也只需要几本书,就可以一个人待上一整天。

甚至我常想,摒除我这胆小怕黑的性格,大概也可以学木心先生背着两担子书,上莫干山潜心苦读,然后把福楼拜的那一句"艺术广大之极,足以占据一个人"作为人生的座右铭。

写到此处,忍不住感慨,读书,真的好快乐。书读得越多,人也就慢慢地变得沉静,无论遇到何种境遇,无论是好是坏,也都可以镇定自若地活在随便哪一个当下。

曾听过这么一句话,我始终相信,在内心生活得更严肃的人,也会在外表上生活得更朴素。其实这份淡定,不是非要吃素食,穿布衣,住陋巷,才能体现你的清心寡欲。同时,这份从容,也并非你刻意去求来的。它是经由你的心灵和精神,逐渐变得纯净、清明、质朴的一种内在观照。

有时,我会在某个时刻,对某句话、某件事、某种思考,有突然顿悟的感觉。

有时,又总是在不断地推翻自己、否定自己、重塑自己的过程中，感到迷惑和不解。

但人生的乐趣，大概就在此。你在不断攀登、不断修炼、不断完善的过程中，其实就已经收获了你想要的一切。

我不知道未来的自己，是否能够活成我期待的样子，但诚如屈原《离骚》中的那一句："路漫漫其修远兮，吾将上下而求索。"

我常常提醒自己说，不要着急，慢慢来。毕竟还有一辈子的曼妙青春好时光，可以拿去寻找我心中的太阳，和那一束永不磨灭的白月光。

PART 3

真正优秀的人,都学会了沉默

也许你并非天下无敌,也并非所向披靡,
甚至也并不是最强的,但当你在遇事时,
表露出的淡定、从容和冷静,
以及骨子里展现出的笃定、勇气和沉着,
却有种可以收摄人心,镇住场面,掌握局势的魄力。

关系

1

人和人之间都是相互的

蔡康永曾说过一句话:"人情可不是黄金珠宝,死死地锁在保险箱里是不会产生所谓人情的。有来有往,才叫人情。"

其实,人和人的相处是相互的。

一颗心,被凉久了,也会变冷;一个人,被辜负久了,也会转身;一段情谊,被消耗久了,也会消失。

三毛曾在出国留学时,不仅包揽整个寝室的卫生,而且还主动帮室友们铺床、叠衣服,甚至拖地、打扫卫生等。但这些室友不仅不感谢三毛,还把所有累活儿、脏活儿扔给三毛做,后来她们的得寸进尺,换来了三毛的彻底离开。

知乎上曾有一个话题:你认为最好的关系状态是什么样的?有个高赞的回答说:双方的对等付出是关系长期化的基础。

有时，别人对你好，并不是应该对你好，而是你也应该学会去帮衬他人。

有时，别人对你包容，也不是应该对你包容，而是你也应该学会换位思考。

其实，每个人都不傻，一旦你肆意去透支和消耗别人对你的好，别人就会彻底对你寒心和死心。

2

再好的关系，也要保持距离

有一个刺猬法则。当两只困倦的刺猬因为冷而紧紧地拥抱在一起时，它们彼此反而会感到不舒服，因为各自身上都长着刺。

当它们给彼此留一些空隙和距离，反而既不会伤到彼此，还能相互取暖。

人和人的关系，需要把握一个分寸和尺度。再熟悉，也不要逾矩；再亲密，也不要无间。

演员陈坤和周迅，在演艺圈已经有长达二十年之久的友谊，甚至他们住在同一栋小区，一个在楼上，一个在楼下。

但每当周迅在感情中经历挫折和痛苦时，陈坤从来不去过度干涉和参与。

陈坤曾被问到，为什么两个人关系这么好，他不去关心时，陈坤的回答是，我觉得，你就该干吗干吗，自己面对呗，你摔到坑里了，你要自己面对，你需要我的时候我在。

作家三毛曾说过一句话："朋友再亲密，分寸不可差失，自以为熟，结果反生隔离。"

人和人之间，走得太远，关系容易变得冷淡，但走得太近，又容易灼伤和干扰到彼此。

保持该有的距离，彼此的关系才能进退自如，才能细水长流。

3

再好的关系，也要互相珍惜

在电视剧《琅琊榜》里有一句台词："世间有多少好朋友，年龄相仿，志趣相投，原本可以一辈子莫逆相交。可谁会料到旦夕惊变，从此以后，只能眼睁睁地看着天涯路远。"

人和人之间的关系，很微妙。有时看起来坚不可摧，但有时却又那么不堪一击。有时看起来牢不可破，但有时又总是那么一触即溃。

吴孟达和周星驰曾经搭档了十二年，但在电影《少林足球》后，他们就有整整二十年没见面，也没合作，甚至不联系。有一次，当吴孟达谈起这段友情时，他不无感伤地说道："我跟他很熟，互相了解很深。我们超有默契，一个眼神就知道对方想的是什么。"

但当主持人问他："对您来说，昔日那么亲密的一段友情，后来就消失了，这种消失对您来说，是很大的遗憾吗？"

吴孟达有些欲言又止，最后还是说："我有时候也在想，是什么原因导致的现在有一点老死不相往来的那种感觉。搬到另外一个地方，有另外一个环境，互相联系就越来越少，变得好像大家不知道怎么突破这个口了。我相信他也在想。但是不管怎么样，相识一场，缘分都不容易。"

其实，就算两个人的关系曾经再好，也要学会珍惜。

当两个人之间，有了误会或矛盾，如果你不肯说，我也不肯去问，如果你不肯真诚以待，我也不肯敞开心扉，那么彼此就会生出间隙，直至渐行渐远。

4

不要高估你和任何人的关系

许多时刻，我们总把自己和别人的关系看得很重要。

有时，期望过高，就会失望。有时，指望太多，就会绝望。

演员沙溢曾在节目中提到，有一天晚上，他翻看手机，发现除了他儿子给他发了条信息，没有任何人给他发信息。

当时他感到很失落，后来他才想明白，原来总以为自己很重要，其实，每个人在别人心中都没那么重要。

在这个世上，也许你认识很多朋友，但真正关心和在乎你的人，却没几个。

今年因为疫情，老王开的水果店停业了好几个月，一点收入都没有，可房租却一分也没少。正在他最困难时，想着去跟自己认识二十多年的朋友老刘借五千块周转，并准备年底还。可当他刚打通电话，话都还来不及说出口，老刘似乎意识到了什么，于是就立马提到，最近自己跟老婆的关系很紧张。

这意思明显就是暗示老王，自己不可能借给他钱，后来老王挂了电话，但心里却一下子就凉了半截。

我们千万不要把任何一段友谊，都放在一个多么不可思议的高度上，因为有些人在你的生命中，不过是因巧合和缘分，相识一场而已，并没有好到可以共同担待风雨的地步。

成年以后，愿你我学会，亲疏随缘，爱恨随意，不辜负任何一段关系，也不高估任何一段关系。

真正优秀的人，
都学会了沉默

在《论语》里有一句话：多闻阙疑，慎言其余，则寡尤。多见阙殆，慎行其余，则寡悔。言寡尤，形寡悔，禄在其中矣。

其实，一个真正优秀的人，通常都是低调的、谦逊的、沉默的。如此才能静水流深，蓄势待发，真正成大事。

1

沉默，是一场厚积薄发

不知你是否发现，一个人在努力时，叫嚣得越大声，越不会有太大的出息。反而是那种埋头苦干的人，更容易出成绩。

有个很出名的荷花定律：一池荷花欲绽，第一天它只开几朵，第二天它们会以前一天的两倍速度开放。如果到了第三十天，荷花就开满了整个池塘。请问什么时候荷花开了一半？

通常许多人认为应该是第十五天，然而并非如此。到了第二十九天时荷花才开满了一半，直到最后一天才会开满另一半。

真正想要做成一件事时，一定要学会静心沉淀，持之以恒，才能厚积薄发，获得你想要的结果。

看过这样一则故事。楚庄王熊旅统治朝政三年，没有发号一项政令，也没有一样政绩上的作为。右司马伍举来到君王座驾旁，对楚庄王讲了一段微妙的话说："有一只鸟停驻在南方的阜山上，三年不展翅，不飞翔，也不鸣叫，沉默无声，这是什么鸟呢？"

楚庄王说："三年不展翅，是为了生长羽翼；不飞翔、不鸣叫，是为了观察民众的态度。虽然还没飞，一飞必将冲天；虽然还没鸣，一鸣必会惊人。你放心，我知道了。"

经过半年，楚庄王就亲自听取朝政，被废除的有十项政令，被启用的有九项政令，诛杀大奸臣五人，提拔隐士六人，因而国家能被大力整治。楚庄王带兵讨伐齐国，在徐州大败了齐军，在河雍战胜了晋军，在宋国会合诸侯，终于使楚国称霸天下。

其实一个人的努力，更多时候需要的是沉下心来，韬光养晦，渐长功力，从而实现自我突破。

就如作家亦舒曾说："做人凡事要静；静静地来，静静地去，静静努力，静静收获，切忌喧哗。"

你只需在台下默默积累十年功的苦力，然后用台上一分钟的光彩夺目，实至名归地赢得众人的认可和肯定。

你只需默默去承受奋斗途中的辛酸苦楚，无须让别人予以同情和怜悯，只拿过硬的本领和铁的事实去证明自己。

你只需默默地体悟在努力的过程中，那些经历所带给人的成长和蜕变，无须虚张声势地去炫耀自己，而是用结果让别人彻底信服。

2

沉默，是一种自我修养

在生活中，我们难免会遇到被误解、被抨击、被冤枉的状况，但一个真正成熟的人懂得沉默。因为他们慢慢地懂得，**与其抱怨，不如心平气和去面对；与其辩驳，不如审视自身的清白和坦荡；与其解释，不如做到问心无愧就足矣。**

看过这样一则故事。广钦老和尚在大陆的承天禅寺，住山十余年潜修，后来又下山回到寺庙里做事，曾经在大殿里负责看管工作。每日每夜都是坐而不卧，二六时中不倒单，禅定功夫非常高。

有一天，寺庙的执事召集大家开会，说是大殿功德箱里的香火钱被人偷了，大家一定要找出来谁偷去了。因为这些香火钱可是整个寺庙的日常生活费用哪！丢了香火钱，师父们可能吃饭都成问题了。

大家你一言我一语地猜测，认为大殿里只有广钦老和尚在那里守着，别人都不会偷，肯定是广钦老和尚监守自盗。从此，大家都不再搭理广钦老和尚，以为他在山上修行了这么多年，还是没有改掉贪心的毛病。

大家每天都对他翻白眼，不与他为伍，每天都冷落他。有的人甚至要把广钦老和尚赶出寺院。而广钦老和尚毫不在意，依旧从从容容，如沐春风，如闻馨香，每天早起同大众一起做早课，一起用斋，一起做事。

过了很久，寺庙的执事和尚把大家召集到一起，宣布香火钱并没有被人偷去，这是他和方丈一起做的一个考试题，目的就是想考验一下广钦和尚这些年的修行境界。

广钦禅师被冤枉这么久，没有任何情绪，没有任何怨言。可见他的忍辱行真的很强。

从此，大家对广钦老和尚刮目相看。可是，广钦老和尚仍然那么淡定自若，仿佛了无一事，仍旧每日恭敬地为大众服务。

在生活中，一个人最好的修行，就是面对任何外在的境遇，都能做到心如止水，淡定自如，镇定自若。

其实，我们最难做到的，不是取得别人的信任，而是自己可以做到心安和坦然。

因为即便暂时被曲解，被诬陷，被质疑，但水落终会见石出。拨云终会见日出。时间长了，也终会见人心。

3

沉默，是一份内在功力

《老子》里有一句话：大音希声，大象无形。

其实，看一个人是否有能耐，有本事，有实力，并非指他对自己有多自信，是否会口出狂言，目中无人。恰恰相反，**一个懂得沉默的人，往往深藏着大格局和大智慧。**

他们无须靠过多的言语为自己壮胆，也无须靠装腔作势去故意威慑别人，而是可以从容不迫地去面对一切困境和险遇。

有这样一则故事。日本江户时期的一个著名的茶师，他跟随主人去京城办事。当时的日本处于社会很不稳定的时期，浪人、武士依恃强力横行无忌，于是他挎上一把剑，把自己扮成武士的样子。

有一天主人不在，茶师就一个人在外面溜达。这时迎面走来一个浪人，向茶师挑衅称，自己是全日本最厉害的武士，想要跟他这个同道的路人比比剑。茶师跟浪人解释过，自己只是个茶师。但浪人看他的行头装扮，完全不相信他所说的话。茶师后来想了想，觉得自己逃不过此劫，于是就只得硬着头皮，去进行一场生死的搏斗。

此时，浪人做出一副得意扬扬的样子，还不停地挑衅，讥讽，甚至故意惹怒他。但茶师全程保持着沉默，既没有向对方求饶，也没有向对方示威，更没有表现出一丝不屑和怯意。只见他笑着看定了对方，然后从容地把帽子取下来，端端正正地放在旁边。再解开宽松的外衣，一点一点地叠好压在帽子下面。又拿出绑带，把里面的衣服袖口扎紧；再把裤腿扎紧。

他从头到脚不慌不忙地装束自己，一直显得气定神闲。

对面的浪人越看越紧张，越看越恍惚，因为他猜不出对手的武功到底有多深，茶师的眼神和从容让他越来越心虚。

等到茶师全部装束停当，把剑挥向半空时，浪人扑通就给他跪下说:"求你饶命,你是我这辈子见过的武功最强的人。"

其实,沉默有时是一种力量。

也许你并非天下无敌,也并非所向披靡,甚至也并不是最强的,但当你在遇事时,表露出的淡定、从容和冷静,以及骨子里展现出的笃定、勇气和沉着,却有种可以收摄人心、镇住场面、掌握局势的魄力。

4

你会发现,真正厉害的人,大多保持沉默,不动声色。

他们看似平静如水,实则暗藏功力。他们仿若能力平平,实则胸有成竹。甚至他们好似木讷笨拙,实则大智若愚。

沉默,有时是为了更好地沉淀、积累,以及丰满羽翼。
沉默,有时是为了更好地去打磨,淬炼和提高自我的修养。
沉默,有时更是一种不畏,不惧,亦不慌张的素质和品质。

你我共勉。

每天提升自我的八个习惯

第一，每天坚持读书。

人一天不吃饭，肚子会挨饿。一天不读书，思想就会变得平庸。

许多时刻，我们觉得迷茫和困顿，甚至变得浮躁和焦虑，恰恰是因为我们读书不多，才会有诸多杂念和烦恼。

读书也许不能使人变得富有，却可以让一个人变得开阔，变得智慧，变得通透。

每天在闲暇之余，至少抽一个小时读书，日积月累后，你会发现自己会有脱胎换骨般的进步和变化。

第二，每天坚持运动。

俗话说，生命在于运动。如今许多人整天忙于工作，常常久坐不动，不仅严重影响了身体健康，甚至为此付出生命的代价。

适当地散散步，走走路，多活动筋骨，身体健康，才有资本和底气。没了健康的身体，一切都失去了价值和意义。

每天花点时间运动和健身，看似没必要，其实拥有一个健康的身体，远离疾病和伤痛，比什么都重要。

第三，每天坚持反省。

俗话说，人非圣贤，孰能无过。每个人身上或多或少都有一些缺点，也许是待人上不够周到和礼貌；也许是做事上，考虑得不够周全和细心；也许是在个人的成长上，还有懒惰、拖延和懈怠。

其实，每天我们都应该学会自我反省，做得好的地方，要保持，做得不好的地方，要改正。

唯有不断更新自己，不断提升自己，才能不断地进步，也才能不断地变得愈加完善。

第四，每天坚持微笑。

无论你今天遇到了多难的事，一个人一旦保持了微笑，既会给人带来快乐，也会让自己感到愉快。

没人喜欢一张苦兮兮的脸，也没人喜欢一个负能量的人，当你把正能量传递给别人时，自己也收获了一份好心情。

对人多微笑，你就会收获更多善意；对事多微笑，你就不会感到那么难；对自己多微笑，你就会变得越来越阳光和自信。

第五，每天坚持早起。

一个人早起的状态，会影响一整天的状态。起得越晚，就越容易出错和慌乱。为了赶时间，你可能会忘了吃早饭，或者敷衍地对待一日三餐，也可能忘了带重要的东西，甚至丢三落四，没有收拾。但你越早起，越能从容地去面对所有事。你可以利用早起的时间，锻炼身体，看看书，也可以早一步出门上班，既不会拥堵，也不会迟到。

有两句话说："我未曾见过一个早起勤奋、谨慎诚实的人抱怨命运不好。良好的品格，优良的习惯，坚强的意志，是不会被假设所谓的命运击败的。"

第六，每天坚持早睡。

如今许多人晚上总是熬夜，不是在玩手机，就是在吃夜宵，要么就是辗转反侧睡不着。

其实，无论你白天有再多的事没处理完，无论你有天大的事压在心上，该休息时，也一定要休息。

只有保证了良好的睡眠，形成了良好的作息习惯，你才有更好的精力和体力，去面对和处理更大的麻烦和难题。

第七，每天保持好形象。

每一天醒来，无论是出门，还是在家，都要把自己收拾得干干净净、整整洁洁、大大方方的。不需要浓妆艳抹，也不需要西装革履，更不需要穿戴得多名贵。保持一个好的形象，是对自己和他人的尊重。

有一句话说："没人有义务透过你邋遢的外表，去发现你优秀的内在。"

每个人都愿意跟一个看起来美好的人交往，每天稍微打扮和修整一下自己，也会让自己显得更有精气神。

第八，每天保持好心态。

人的一生，难免会遇到许多不顺心的人和事。有时，你越是去计较，越是去纠缠，越是去执着，越会让自己活得烦恼和痛苦。

当你把心放宽，把心放大，把心放平，就会发现，在这个世上，没有什么是过不去的坎。

因为开心过是一天，不开心过也是一天。既然无法逃避，既然已经发生，还不如坦坦然然地去面对。

也许要做到以上八点非常难，但当你做到了自律，做到了坚持，也就能拥有更加美好的人生。

真正的努力，
是日复一日地坚持

1

跟一个优秀的作者聊天。我问她，如何才能有更好的写作灵感。她告诉我说，灵感这个东西，几乎是不存在的，它表面上看，仿佛带有很强的偶然性，其实你必须靠日积月累，才有可能找到浑然天成，甚至下笔如有神的感觉。

比如有的作者，心情好时，可能会写几个字，闲来无事时，也会写几段话，甚至是兴致来了时，说不定会一口气写下五千字。但他们最终都很难有较大的提升和进步，原因就在于不够坚持。真正的写作高手，并不存在所谓的情绪，也不存在忙到没空，更不存在兴致不好的时刻。总之，他们已经养成了每天定量练笔和积累的习惯。

有几句话说，在这个世上，一共有三种人。第一种人，不努力；第二种人，间歇性努力；第三种人，持续性努力。

大多数人既不是完全不努力，也无法做到时时刻刻自律，所以他们就徘徊在努力一下，又放纵一下的反复循环中。

其实，无论做任何事，想要做成和做好，并不难，难的是你要做到日复一日地去努力和坚持。

2

因为长期久坐，我决定不乘电梯，每天爬爬楼梯，既活动筋骨，也锻炼身体。原本我坚持了一段时间，虽然楼层有些高，爬楼梯的时间也比较长，但因为每天都在坚持，所以呼吸还算顺畅，腿脚也有力，能一次性爬到顶。但恰好有几天我出差，所以就没锻炼，而且我还窃喜可以偷一下懒，当我回来后再去爬楼梯，感觉完全变了。不仅呼吸变得急促，而且整个人感到非常疲惫，中途还休息了好几次。

其实，无论你做任何锻炼，最重要的不是你今天是否坚持了，还是你明天是否坚持了，而是你每一天都要去坚持。运动就跟吃饭一样，你每天只有吃了饭才有力气，当然你每天只有运动后身体才会有被训练过后的舒适感。

吃一顿饭只能管一顿的饱，做一次锻炼也只能管一次的轻松，在努力这件事上，其实根本就不存在吃老本这回事。

常常有人问，为什么锻炼身体，并没有起到什么效果。其实，锻炼一定会有效果，但前提是你每天都要去坚持，如果你只是间歇性地去努力，当然就有事倍功半的吃力感。

3

前些日子,看到一档节目中提到,一个钢琴家,已经是世界级的大师,他一直有一个习惯,无论当天的行程安排得多紧,或者忙到多晚,又或者有什么紧急的事,他有个如铁一般的规律,那就是每天必须进行常规两三个小时的弹琴训练。

有一次有个嘉宾和这位钢琴家录节目,原本已经录到晚上十二点多,两个人都非常困,也非常累了,正当这个嘉宾准备睡觉时,发现这个钢琴家坐下来,开始专注地弹起琴来,时间弹够了,弹好了,才允许自己休息。

有一句话说:"一天不练,自己知道;两天不练,同行知道;三天不练,观众知道。"

在学一项技艺时,普通人不仅水平不高,而且还总想着三天打鱼两天晒网,甚至有了厌倦,坚持不了就放弃。

越是优秀的人,哪怕他们已经有了超高的水平,也要在每一天保持努力和精进,丝毫不敢松懈。

许多人总以为,越是厉害的人,越不需要勤奋。

其实,人跟人之间,在天赋和才华上,并没有天大的差异,如果你可以做到日复一日去努力,也就超越了这世界上90%半途而废的人。

4

努力,是一件很稀松平常的事。任何人都有过努力的体验,三分钟热度来时，你可以像立马变了一个人般，要求自己必须静下来翻几页书，必须放下手机做几个运动，乃至必须腾出时间，抽出空练习半个小时的英语。

努力，同时又是一件很难做好的事。

因为你的努力，也许可以持续两三天，两三周，乃至两三个月都不难，难的是每一天你都做到了坚持。这就意味着，你每天都要克服的是自己的惰性，每天都要管住自己的不自律，甚至每天都相当于在折磨和考验自己。

许多人之所以一曝十寒，之所以觉得努力没有意义，之所以对努力保有怀疑态度，恰恰在于不够坚持。

偶尔写几篇文章，就想找到源源不断的灵感，偶尔锻炼一下身体，就想立马达到长期锻炼的效果，偶尔弹一下琴，就想拥有大师级的水平和能力。

其实，所有出类拔萃的背后，都藏着无数个日日夜夜的艰辛付出和努力。

有一句话说："日拱一卒无有尽，功不唐捐终成海。"

许多时刻，拉开人与人之间距离的，从来都不是来自机会、运气抑或天生的能力和优势。

当你在一天天中懈怠，别人在一天天中坚持，差距就会越拉越远，最终让你望尘莫及。

无论到什么年纪，
都要坚持这七件事

第一，永远不要放弃梦想。

每个人的一生中，都有想要去冒的险，想要去做的尝试，以及想要完成的事。其实，只要有了这样的心愿，就不要将它久埋在心底。

不要用来不及去诓骗自己，也不要以没时间去安慰自己，更不要以不可能为由轻言放弃。

因为人生最大的遗憾，不是你不可以，而是你不曾为了自己想要的生活，去做出丝毫的努力和争取。

第二，永远要有乐观心态。

其实，人从一出生开始，就会面对各种各样的苦难和挫折。也许压力很大时，你想过退缩。也许，负担很重时，你想过放弃。甚至感觉走投无路时，你也想过破罐子破摔。但无论你经历再大的不幸，都要记得：在这个世上，没有迈不过的坎，也没有挺不过去的难，当你抱着乐观的心态去面对，一切都有变好的机会和可能。

第三，永远不要放弃学习。

有一句话说：活到老，学到老。

其实，一个人真正的衰老，不是年龄上的大小，而是当他不学习，不进步时，就失去了年轻的活力和朝气。

无论你多大年纪，都要记得，每天读点书，每天学点知识，永远保持好奇心和求知欲。如此，我们才能把每一天的生活安排得尽量丰富和有趣，我们活着的每一天也才更有价值和意义。

第四，永远要善待自己的身体。

无论你是青春年少，还是步入中年，一个好的身体才是革命的本钱，也是我们好好活着最大的底气和资本。

不要拿身体去换取一些不重要的东西，也不要肆意去透支和挥霍你的健康。该锻炼时要锻炼，该运动时要运动。饮食要注意，作息要规律。

当你失去了身体，就会失去一切。但有了好身体，未来才可期，来日才方长。

3

第五，永远不要放弃善良。

在生活中，我们会遇到各种人和事。也许有时你的好心没有得到他人的理解，有时，你的好意还让别人产生了误解。但你始终要记得，人与人之间的相处，是真心换真情，是善心得善报。

不要去对这个社会抱有过度悲观的评价。人心没有那么叵测，世道也没那么复杂。对这个世界可以有适当的提防和戒备，但无论如何，请始终保持且不要丢掉你的善良。

第六，永远要学会珍惜他人。

人跟人的相遇，是一场难得的缘分。有时，当你去善待他人，其实也是善待你自己。有时，当你去爱护他人，其实也是爱护你自己。哪怕彼此再亲，走得再近，也不要去说伤人的话，不要去做伤人的事，更不要有恃无恐，肆无忌惮。

一旦你不好好对待，人心也会寒；一旦你不好好维系，情感也会淡；一旦你不好好珍惜，最终再好的关系也会散。

第七，永远不要虚度光阴。

人这一生，满打满算不过三万天。当你浪费时间时，其实就是在浪费自己的生命。当你在虚度光阴时，其实就是在虚度你自己的大好年华。千万不要等到没有挽回的余地时，才亡羊补牢，也不要等到走到生命尽头时，才追悔莫及。

趁着时光正好，趁着阳光不燥，珍惜每一天，去见你想见的人，去做你想做的事。

愿你出走半生，归来仍是少年，愿你看透世事，仍旧心怀慈悲。愿你健康，愿你快乐，愿你无憾无怨地过好这一生。

与朋友们共勉。

弯路

有这样一个故事。地理老师把一幅世界河流分布示意图挂在黑板上,问:"同学们,这幅图上的河流有什么特点呢?"

"都不是直线,而是弯弯的。"同学们回答。

"河流为什么不走直路,而偏偏要走弯路呢?"老师继续问,同学们七嘴八舌地议论开了。

这时,老师说:"其实走弯路是自然界的一种常态,走直路反而是一种非常态,因为河流在前进的过程中,会遇到各种各样的障碍,有些障碍是无法逾越的,所以它只有取弯路,绕道而行,从而避开了一道道障碍,最终抵达遥远的大海。"

有一句话说:人生该走的弯路,你一步也少不了。

其实,每个人的一生,都要走很多弯路。

它们绕不过,也避不了,甚至常常需要你去直面挫折和痛苦。
但也正是这些坎坷和曲折,才让我们成为更好的自己。

1

弯路成功的必经之路

在《我是演说家》的节目中，著名演员张铁林曾问一位选手："你是不是很想出名？"

选手笑着点了点头，表示默认。

此时张铁林语重心长地对他说："年轻人啊，我告诉你，出名后会有很多麻烦，大家都会认识你，你出门连自由都没有了。"

但此时主持人陈鲁豫却对张铁林说："你对一个走在追求成功路上的年轻人说成名以后的烦恼是没有意义的。"

其实，有些弯路，该自己走的，旁人给再多提醒，也无用。

有个渔夫有着一流的捕鱼技术，然而他的三个儿子的渔技都很平庸。于是渔夫经常向人诉说心中的苦恼："我从他们懂事起就传授捕鱼技术给他们，从最基本的东西教起，告诉他们怎样织网最容易捕捉到鱼，怎样划船最不会惊动鱼，怎样下网最容易请鱼入瓮。他们长大了，我又教他们怎样识潮汐、辨鱼汛……凡是我长年辛辛苦苦总结出来的经验，我都毫无保留地传授给了他们，可他们的捕鱼技术竟然赶不上技术比我差的渔民的儿子！"

一位路人听了他的诉说后，问："你一直手把手地教他们吗？"

渔夫说："是的，为了让他们得到一流的捕鱼技术，我教得很仔细很耐心。"

路人："他们一直跟随着你吗？"

"是的，为了让他们少走弯路，我一直让他们跟着我学。"

路人说:"这样说来,你的错误就很明显了。你只传授给了他们技术,却没传授给他们教训。"

在生活中,许多成功的人,总希望通过亲身经历,让年轻人不再走自己曾走过的弯路。

但这世界上最浪费时间的事,就是给年轻人讲道理。

你说一千句一万句,不如他们自己栽一跟头,跌倒一跤,来得更实在。

有时你不去面对挫折,你就不会体会到成功的来之不易。有时你不去尝试失败的滋味,也不会感受到成功的难能可贵。

2

弯路有时是另一条出路

你是否有这样的体会:

我们总要在尝试了许多不喜欢的东西后,才会发现自己真正喜欢的是什么。

我们也总要在做过很多不那么想做的事后,才会发现自己真正热爱的是什么。

甚至我们要在绕了很远后,才听得见内心的声音,去坚持走我们想走的路。

有时,弯路,恰恰就是带你走出迷茫和困顿,让你寻找到方向和目标的,另一条出路和捷径。

去年有一则新闻，对我触动很大。26岁的浙江大学化学硕士张韫喆，为了实现学医的梦想，居然重新高考，并拿到了山东中医药大学的录取通知书。

原来张韫喆一直想学医，但第一次报考志愿时，阴错阳差就选择了化学专业。按理说他考到了一个重本大学，即便专业不是自己最喜欢的，但只要按部就班地走下去，也会有一个好的前途。

但直到他研究生毕业后，才了解原来化学和医学还是差太远，自己还是没办法凑合，于是选择再来一次。

当时许多网友并不赞同他的做法。在我看来，这六年的"弯路"，他并没有走错，也不是毫无意义，甚至这次经历，会成为他人生中一笔宝贵的财富。

如果不是这次"错误"的经历，他永远也不会发现，自己这一辈子真正想要干什么，也可能会因此遗憾终生。

人生，有时就是这样的。

我们都渴望少走一些弯路，少犯一些错误，少受一点折磨。但后来我们才明白，正是那些无用的尝试，甚至是没必要付出的代价，让我们慢慢寻找到了，真正适合自己走的路。

3

人生没有白走的路，每一步都算数

苹果公司创始人乔布斯，曾经在斯坦福大学演讲时，提到他的成功，很大程度要感谢曾经走过的"弯路"。

比如，他曾经读了一所很贵的大学，几乎花掉了养父母一生的积蓄，那时他看不出自己以后要做什么，于是他决定退学。自从退学那天起，他停止了一切不感兴趣的必修课，开始旁听那些有意思的课。他决定选一门书法课上，在这门课中，他学会了"serif"和"sans-serif"两种字体，学会了怎样在不同的字母组合中改变字间距，学会了怎样写出好的字来。

当时他并不指望书法在以后的生活中能有什么实用价值，但是，十年之后，他在设计第一台 Macintosh 计算机时，把书法里学到的东西融入了进去，让它变得独一无二。比如，他被自己亲手创办的苹果公司辞退，当时他整个人生跌入谷底，但正因为他被辞退，所以他不再有思维上的包袱和羁绊，他开始进入了人生中最具创造力的时期。

接下来的五年里，他创立了一个叫 NeXT 的公司和一个叫皮克斯的公司。皮克斯后来成为世界上最成功的动画工作室，再后来，苹果收购了 NeXT。他又回到了苹果。而且正是他在 NeXT 研发的技术带来了苹果的复兴。

有一句话说："人生没有白走的路，每一步都算数。"**其实在你的一生中，所有吃过的苦，受过的委屈，经历过的痛苦，都并非毫无意义，也并非没有任何价值。但凡你没有放弃自己，你在朝着更好的方向前进，你在不断去挑战和完善自己，即便暂时走了弯路，但请相信，那些曾付出过的汗水和努力，都会在未来的某一天，回馈到你自己身上。**

4

人活在世上,其实有很多"弯路",必须自己走。诚然,没有人希望过苦日子,也没人希望去犯不必要的错,更没有人希望,随意去挥霍和透支自己的人生。

但许多时刻,在基本的底线和原则外——

有些弯路,是你成长的必经之路,你去走,可能会碰壁,摔跟头,但正是它们让你炼出钢筋铁骨,真正走向成熟。

有些弯路,是人生的另外一条出路,你没亲自去尝试和辨别过,你就永远也不知道,自己真正想要走的是哪条路。

有些弯路,是人生路上的沉淀和积累。正是因为有了它们,才让你未来的人生,充满更多可能和机会。

好心态的六个习惯，请逼自己养成

1

第一，不攀比。

每个人都有自己的生活。有时别人有的，你不一定有。你有的，别人也不一定有。总之，没有人可以拥有十全十美的人生。

大多数时刻，我们不快乐，不是因为我们过得不好，而是我们喜欢跟别人去做毫无意义的攀比。其实，人是否活得幸福，跟外在的条件，并没太大关系。有的人，虽然家财万贯，但过大的欲望和过多的贪念，也会使他活得痛苦不堪。有的人，哪怕在粗茶淡饭中，也能知足常乐，活得坦然和心安。

日子过得好不好，你自己说了才算数。

你过得不好，即便比过别人，也无用。自己过好了，也就没必要去跟别人比。

第二，不嫉妒。

人性有个缺点，总是见不得身边的人比自己过得好。**其实，别人过得好不好，跟你毫无关系。但你因为嫉妒别人过得好，就会使自己活得不开心。**

有一句古话说："生活如人饮水，冷暖自知。"

在这个世上，没有一个人真正活得容易。每个人都习惯把自己最好的那一面，展示给别人看。但自己的苦，自己的累，自己最不得已的那一面，也只有自己尝，自己受，自己才知道。所以，你不必去羡慕谁，因为无论谁，都需要承受生活所给的压力和重担。

甚至有时，看似风光无限的人，背后也有你熬不了的苦。所以，安心过好你自己的日子，才是最实在，也是最有意义的事。

2

第三，不纠结。

每个人在一生当中，都要做许多取舍和选择，无论是学业、工作还是婚姻上的重大决定。但不知你是否发现，无论你怎么选，都会有遗憾。甚至你选择了其中一条路，就意味着你会放弃其他的路。

但有时，我们什么都想要，什么都不想放弃，于是僵在人生的十字路口，不知该往哪儿走。其实，无论或大或小的选择，只要你决定了，就不必想着那些你已经放弃的可能和机会了。

再者，谁也无法预知未来，只要是你当下做出的慎重选择，即便以后会遇到艰难和挫折，也不必去纠结和懊悔。

大多数时刻，人的不快乐，不是不知道如何选择，而是总在选择后患得患失，最终就容易得不偿失。

第四，不焦虑。

许多人，在做事和等待时，都容易陷入焦虑的情绪中。**其实要发生的，始终会发生，你无法逃避，只能去面对。不会发生的，始终不会发生，无论你如何祈求，都徒劳无益。**既然我们无法决定那些改变不了的事，何不踏踏实实活在当下。

总之，当你做好你该做的准备后，兵来将挡，水来土掩，即便车到山前，也总会找到路。所以，我们要学会淡定和从容地去面对，许多未知的好与坏。

放下你的担心，放下你的焦虑，扎扎实实过好每一天，就是我们对未来最好的馈赠。

3

第五，不勉强。

其实在这个世上，有许多事，是我们没办法去强求的。无论是想要留住的人，还是想要挽回的事，如果尽了心，使了力后，还是不能如愿以偿，还不如选择淡然地放手。

当然我们都会有舍不得，都会有不甘心，也都会有伤心遗憾的那一些时刻，那相比留恋不再属于你的东西，放过别人，其实就是放过自己。放下执着，也就是放下折磨。所以，请在余生中，学会不勉强自己，也不勉强他人。

先尽人事，而后听天命。

第六，不自卑。

每个人身上都有优点和缺点，也都会有一些不想提及的往事或经历，抑或我们都有感到很自卑和不自信的时刻。

其实，不必太为难自己。勇敢地去接纳，不够好的自己，然后尽力去完善和提升自己就好，不必太过看轻自己，也不必去跟别人做比较。过去发生的，都已经过去了。无论是糟糕的成绩单，还是爱错了人，做错了事。总之，过去的已经过去，不要总用过去的错，去惩罚自己。也不必总拿他人的过，去伤害自己，让往事清零，让自己轻装前行。

愿你我都能拥有一个好心态，不要被消极的、负面的、不好的情绪所牵绊，阳光，积极，乐观地去过好每一天。

把心情照顾好，
比什么都重要

1

不知你是否发现，每天影响我们情绪的事，实在太多。

有时，在工作上，你总会遇到，太过苛刻的老板，太过挑剔的客户，以及太难相处的同事。

有时，在生活中，你总会遇到，电脑突然死机，钥匙居然忘带，乃至手机不小心被摔坏的时刻。

有时，在感情中，你也会遇到，恋人间的争吵，伴侣间的隔阂，乃至夫妻之间那些看不见、摸不着的不愉快。

也许，你常常会为此感到沮丧和烦恼。其实，如果事事都要放在心上，日子就很难过得顺畅。

可以去完善的，就去完善，可以去改变的，就去改变，该面对的就去面对，该接受的就去接受，除此之外，不必有太多执着和强求。

2

人在太过年轻时，最不容易控制好自己的情绪。丁点大的矛盾，都可以让你暴跳如雷。丁点大的困难，就可以让你愁眉不展。丁点大的挫折，就可以让你一蹶不振。

可随着年纪的增长，你的心态就会逐渐变得平和。你慢慢就会发现，许多人和事，都不重要，也没必要，更不必去计较。

做好该做的事，尽好你该尽的责，如果别人还不满意，还要找碴和挑剔，那是别人的事。

做好所有的努力，使出全部的力，如果事情的结果依旧不如人意，也不必为此伤心和气馁。

许多时刻，当你做好了自己，放下去获得他人理解的妄念，放下对成败得失的妄求，日子也就会好过很多。

3

我们常常认为，是那些糟糕的人和事，影响了我们的情绪。其实大多数时刻，你的心态决定你的状态，你的思路决定你的出路，你的格局决定你的眼界。

遇到故意为难和刁难你的人，你非要去计较，不仅毫无益处，也会让自己心里难受。遇到无法避免和解决不了的事，你非要去较劲，不仅越搅越乱，也会让自己的心情变得一团糟。遇到难以解开的结，难以迈过的坎，也不必太过焦虑和着急，有时当你把心态放平，许多难题就会变得简单。

有时，一个人控制不了情绪，恰恰是自己的能力不足，抑或智慧不够。

所以，当我们面对烦恼时，或许应该学会从自己身上找问题，学会提升和改变自己，而不是去抱怨或纠缠。

4

其实，人这辈子，最重要的是活心情。毕竟开心是一天，不开心也是一天，又何必整天愁眉苦脸，既让自己感到烦闷，也让身边的人感到郁闷。

我们每一天的生活，本来就充满了无数的压力，也面对着无数的考验，本来你已经够累、够疲惫了，又何必给自己添堵，还总拿别人的错误惩罚自己，甚至总拿改变和解决不了的人和事来折磨自己。

有一句话说，人生不如意事十之八九。

也许我们无法选择和决定，会遇到怎样的人，面对怎样的事，有怎样的遭遇和经历，但只要保持积极的心态，始终记得，再烦，再难，再不顺遂，也不要让心情受牵累。

有时，比强行让别人支持和认可你，更重要的是，即便面对故意的刁难，你也可以坦然去面对。

有时，比逃避和抱怨那些不好的事，更重要的是，即便面对巨大的困难，你也可以自如地应对。

有时，比遇到处不好的关系，解释不了的误会，更重要的是，即便面对隔阂和矛盾，你也可以做到问心无愧。

把心情照顾好，比什么都重要。

熟不逾矩，
是一种顶级的修养

曾看过一段话：如果地球和太阳的距离再近1%，地球就是一个永恒的"火焰山"；如果再远3%，地球就是一个永恒的"广寒宫"。现在的距离不远不近，恰到好处。所以不是"距离产生美"，而是"合适的距离产生美"。

其实，人与人之间，关系再好，也要把握度。

不该谈及的话，不谈；不该求的事，不求；不该有的干预，不要超过和逾越。

1
不说过分之话，揭对方的私和短

在《三国演义》中，许攸曾经是袁绍的谋士，但后来他去投奔了旧友曹操，因为他的献策，曹军劫粮乌巢，水淹冀州，可以说功不可没。但曹操在一众将士的跪拜下，进入城门时，许攸喝着酒，在城门上一声声地喊着曹操的乳名曹阿瞒,并邀功说,你没有我,怎么可能进得了此门。

当时曹操面对他的出言不逊,甚至在大庭广众之下,对自己不礼貌,其实心里十分不快,但并没有表露出来。

接着许攸和一众猛将骑马时,许攸又对众人说道:"你不要看这曹阿瞒今天是如何得意和威风,当初那都是跟我一起混日子的,我俩小时候在一起还干过偷鸡摸狗、赌酒骗钱的事。"有人提醒他,不要乱讲,小心传到丞相的耳朵里,但他仗着自己跟曹操熟识,以为所有人都怕他三分,结果被曹操的手下许褚砍了头。

其实,关系再好,说话也不可肆无忌惮,毫无遮拦。

朱元璋曾是一个普普通通的农民,他小时候家里很穷,在最落魄时他认识了一群穷苦伙伴,大家相依为命,有东西一起吃,没的吃一起挨饿。但后来他当了皇帝以后,有一个他小时候的玩伴来宫中求见,朱元璋原本很高兴地来召见玩伴,但没想到这个人一进宫门,不仅没有行礼,而且直呼朱元璋的绰号"朱重八"。

当时朱元璋也没责备他,但他却继续在朝堂上,谈起朱元璋小时候因为太饿,吃土豆差点儿被噎死的事,这让朱元璋龙颜大怒,最后找了个理由将他杀了。

其实,关系再好,说话也不可毫无畏惧,口不择言。

有一句话说:"人有短,切莫揭;人有私,切莫说。"

不要因为关系好，就随便丢对方的体面，也不要因为关系好，就随便伤对方的脸面。一旦失去该有的礼貌和尊重，不仅会失去朋友，也会给自己招来不必要的麻烦和祸患。

2

不做过分之事，让对方尴尬和为难

不知你是否发现，我们总是会因为关系好，太把对方当自己人，也太把自己的事当作别人的事，把自己的麻烦当作对方的麻烦。

再好的关系，也要有分寸和界限，不可随意去触碰对方的底线，也不能总让对方为难。

有一则故事：有一天孔子外出，天要下雨，可是他没有带雨伞，于是有人建议说，子夏有，跟子夏借。

孔子一听说：“不可以，子夏这个人比较吝啬，我借的话，他不给我，别人会觉得他不尊重师长，给我，他肯定要心疼。”

其实，关系再好，做事也不要让别人尴尬，更不要勉强别人去做不情愿的事。

还有另外一则故事。

在二十世纪上半叶的中国文坛，胡适无疑是一位风云人物。众所周知，胡适的太太江冬秀喜欢打麻将，他们在研究院的宿舍居住时，江冬秀为了打麻将，经常违反宿舍规定。胡适屡劝不止，只好带着她搬了出去。

很多人不解,问胡适说:"院长是你的学生,打个麻将也不是什么大事,你至于跟他客气吗?"

胡适回答:"正因为他是我的学生,我才不能让他左右为难。"

其实,关系再好,做事也不要总去消耗别人,更不要让对方陷入两难的境地。

或许我们都曾有这样的体会,在生活中,我们总以关系好,行自己的便,让对方为难。其实无论在任何时刻,都要考虑到对方的感受,照顾到对方的处境,体谅到对方的难处。

有一句话说:"己所不欲,勿施于人。"

如果对方不想做的事,就不要去强迫;如果对方不好帮的忙,就不要去硬逼。只有你学会了去尊重别人,别人才会尊重你。只有你学会去理解别人,别人才会理解你。只有彼此互相珍惜,才能让关系更舒服和长久。

3

不过分干涉,别人的选择和决定

许多时刻,我们总是会犯一个错误,总以为关系好,就随意去插手别人的事,随意替别人做选择,随意去干涉别人的决定。人跟人之间,并非亲密无间,只有你保持了该有的界限,才能不冒犯和触犯到别人。

在《水浒传》中，宋江一直是个忠义之士，不仅以德服人，人脉广，路子宽，也深受梁山伯好汉们的支持和拥护。但他做人最大的败笔，就是把自己招安的想法，强加于人，甚至试图说服众兄弟跟他一起归顺朝廷。

当宋江唱到天王降诏招安时，李逵为了发泄不满骂道："招什么鸟安？"

宋江一听，立马命令左右斩李逵的头，但被众人拦了下来。

在第二天清晨，李逵被押送到了堂上，宋江对李逵说："我手下这么多人马，如果都像你这样无礼，那不是乱了套了，看在众兄弟的面子上，你的项上人头先留着，再犯绝不轻饶。"

虽然李逵吓得不敢多说什么，但众人听了这番话，心里有了介意，因为他们根本不想被招安，甚至都萌生了散伙的想法。

也许，宋江是出于好心，希望众人跟他一起摆脱草寇的罪名，但他不知道，其他人其实根本不在乎这个虚名。尤其当宋江劝鲁智深，还俗为官，光宗耀祖时，鲁智深却说，自己心已成灰，不愿为官，只图寻个清静处，安身立命。

宋江又劝他："如果不肯做官，那就住持名山，光显宗风。"

但鲁智深又回绝说："都不要，再多也无用。"

也许宋江是本着为鲁智深好的初心，但他并不知道，并不是所有人都跟他一样，把毕生的希望都寄托在做官这件事上。

其实，每个人都是一个独立的个体。

4

有时，你极力去追求的，并不一定是别人渴望的。有时，你迫切去得到的，也并不一定是别人想要的。所以，无论关系再好，也不要过度去干涉和强迫别人，也不要把你的人生蓝图和想法，强加在别人身上。

有一句话说："最好的关系，不是不分你我，而是熟不逾矩。"

许多时刻，我们以为关系好，就可以无所顾忌，可以说一些伤害对方的话，做一些为难对方的事，去替别人做一些不想要的选择和决定。

其实，在人际交往中，该有的避讳，该有的原则，该有的界限，一样都不能少。

与朋友们共勉。

原来这就叫"吸引力法则"

人和人之间，存在一种吸引力法则。你是什么样的人，就会遇见什么样的人。如果你是一个积极、乐观、向上的人，就会吸引来更多的好运，贵人和机遇；如果你是一个消极、悲观、颓废的人，就会给自己招来失败、不幸，甚至是厄运。**相同磁场的人，才会相互吸引。相反频率的人，无论如何，也走不到一起。**

所以你是谁和遇见谁，都同等重要。

1

物以类聚，人以群分

《易经》里有言："同声相应，同气相求。"虽然人不分三六九等，但同等能量的人，才会聚在一起。画眉麻雀不同嗓，金鸡乌鸦不同窝。**圈子不同，不必强融。能走到一起，必有相似之处。**

有这样一则故事。有个人要买驴，但不知这驴的品性，就先牵来试用两天。他把驴牵到自家牲口棚，和已有的三头驴系在一起。这三头驴，一头勤快，一头懒惰，一头善于讨好，主人对此了解得一清二楚。新买的驴子被牵回家后,不和别的驴子站在一起,只走到那头好吃懒做的驴子旁边。买驴的人见状,二话没说,马上又牵着这头驴回到市场上去。

卖驴的人说:"你还没好好试试呢。"

买驴的人答:"不必再试了。我知道它是什么样的驴了。"

《战国策》里有一句话:"物以类聚,人以群分。"

优秀的人,身旁多是勤奋上进之辈。平庸的人,身边多是慵懒颓废之徒。

2

近朱者赤,近墨者黑

《劝学》里有云:"蓬生麻中,不扶自直,白沙在涅,与之俱黑。"你想要成为什么样的人,就要和什么样的人在一起。

牛津大学的名人弗兰西斯·霍勒,曾感慨地说:"我敢断言,我从我的朋友们那里学到的为人处世的学问、所得到的知识财富远比我从书本上寻章摘句得到的多。一位正直而富有才学的朋友就是一座圣洁的图书馆,只要你是他的志同道合的朋友,你就随时可以进入这座圣洁的图书馆中。"

《论语》里有一句话:"友直,友谅,友多闻,益矣。"

选择一个良师益友,不仅让你拥有找到知己的快乐,同时也能让你在他们的熏陶和浸染下,不断成长。

战国时期,有一个叫服子的人,才高八斗,学识渊博,很多人都想与他交往。有一次，他的好朋友冯忌向他引荐了一位官员，说这位官员很想与他成为好友。

服子见了他之后，告诉冯忌："你给我介绍的那位朋友很不好，不宜接触。"

冯忌很是惊讶，连忙询问他为何下这样的定论。

服子接着说道："他一见到我就轻蔑地笑，这是傲慢，说明他为人不够严谨；我们谈论道理的时候，他不称颂自己的老师，这是背叛，说明他不懂礼仪；他与交情浅薄的人也如此相谈甚欢，这是惑乱，说明他必定会祸从口出。这样的人，我劝你也该尽早远离。否则，很快你也会成为那样的人。"

冯忌听后慨然允诺，马上和那位官员划清了界限。

古语有云，近朱者赤，近墨者黑。**有时，一个人是谁，并不那么重要，重要的是他和谁在一起。**和优秀的人在一起，即便再平庸，也会有所裨益和感化；和庸碌的人在一起，即便再卓越，也会消磨你的意志，动摇你的决心。

3

你若盛开，清风自来

在知乎上曾有一个问题：什么样的关系才能够称得上人脉？有个高赞的回答是：**人脉其实就是交易**。你认识他，同时你们能够资源交换，双方合作共赢才叫作人脉。我们都想与优秀的人交朋友。但你若不优秀，即便认识再多人，也没有用。

YouCore创始人王世民，曾在文章里提到这样一件事："我太太有一位 MBA 同学，在念 MBA 期间几乎每一场活动都不缺席。无论是聚餐、校际比赛，还是企业参观、晚会，一周至少有三个晚上、一个周六或周日花在这样的社交活动上。

"用他的话说，'念 MBA 不就是为了积累人脉吗？'三年下来，确实人人都认识了他，他也时时以'人脉深厚'自居，在班上四处炫耀他前天跟这个师兄见面了，昨晚跟那个教授吃饭了。可当他毕业答辩出现问题的时候，连一个出面帮他的同学和老师都没有，最后只能多修了一年才拿到 MBA 学位。反而我太太这种隔三岔五才有空参加一次活动的人，论文打印出问题时，好几个同学帮着处理，赶在最后一刻成功答辩。"

故事说完，王世民感慨万千：

"其实人脉的意义不在于你认识谁，而在于你能吸引谁。人脉不是你和多少人打过交道，而是有多少人愿意主动和你打交道。人脉不是辉煌时有多少人在你面前奉承你，而是在你落魄时，有多少人愿意帮助你。而这一切的根本都在于，你有多大的可交换价值。"

作家周国平说，高质量的交往，总是发生在两个优秀的独立人格之间，它的实质是双方互相由衷地欣赏和尊敬。

有时，你无法结实优秀的人，不是别人瞧不起你，而是你自身的能力不够强。你无法挤进一个圈子，并非别人排斥你，而是你的能力不能与之相匹配。**一个人最好的人脉，就是他自己。**

就如一句话所说：你若盛开，清风自来；你若精彩，自有蝴蝶飞来。

每个人在这个社会上，都像一株植物。同品种的，才会在一起生长。而人都具有环境性，会在耳濡目染中受到或好或坏的影响。和谁在一起，真的很重要。但有时候我们没能遇见优秀的人，只是因为还没成为那个更好的自己。

唯有自己向阳生长，才会带来更多的光。

你我共勉。

戒

1

前几天,跟一位报社老师聊天,他问我,人如何可以更好地做到戒,比如戒烟、戒酒、戒妄语等?

我想或许大多数人,都有这样的体会和感受。想要减肥,但减了几天就没动力了,想要存钱,但总是管不住自己的购物和消费欲,想要安静下来好好读一本书,但总是控制不住自己想要玩手机的惯性和冲动。

有一句话说,听了很多道理,却依旧过不好这一生。许多时刻,我们过得不好,并不是因为不知道怎么做,恰恰是知道应该怎么做,却总是做不到。

其实,我也并没有更好的办法,让自己做到戒,毕竟我也并非总能做到自律,也常常为拖延和懈怠,感到羞愧和自责。但我总觉得,许多时刻,无论我们试图想要戒掉什么,无论是戒掉一个坏习惯,还是戒掉一种不好的行为,抑或戒掉一些你必须舍弃的人和事,本质上我们都是在戒自己。

有时诱惑和束缚我们的，并不是外在的东西，恰恰是我们作为人本身的欲望和本性。所有令我们割舍不下，抑或看似会捆绑我们的东西，原本它们并没有真正可以控制我们的力量，恰恰是我们没有可以很好控制自己的毅力和坚持。

一杯酒，你不往自己肚子里喝，它不会自己飞进你肚子里。一支烟，你不放在嘴边抽，它也不会主动飞到你的喉咙和鼻腔中。一句话，你不自己说出来，它也不会平白无故地从你心里或者脑海中跑出来，故意让别人听见。

我们常常责怪这个世上有太多诱惑，其实人最大的诱惑是自己。我们也常常感叹，在这个世上有太多不好的东西，其实所有的不好，如果你不去触碰，它就不会沾染到你身上。

所以，我们常常不应该在外下功夫，而恰恰需要在自己身上找原因，学会不断去重塑和打破自己，远离那些可能会牵绊和困扰我们的东西。

2

所谓的戒，它并不是一个一劳永逸的词，也并不是某一个阶段的完成，比如我们总想通过一个具体的时间段，去实现某一个目标，但也许我们今天做好了，明天又会犯错。因为我们这段时间管得住自己，但过段时间又会恢复原形。

我常常觉得，戒应该始终与我们的生命贯穿在一起。也就是说，我们要明白，戒是一生中的事，且跟穿衣吃饭一样，需要时时刻刻去提醒和纠正自己。

就如孔子在《论语》里所言，吾日三省吾身。这个省就是戒，至于戒多久，是在日常的每一天都要做到自珍自持。

就如禅宗故事中，有一个禅师，他修行的方法就是"不作不食"，就是一天不劳动，一天就不吃饭。其实这就是戒的意思，你今天戒掉了坏习惯，你今天就不会犯错。但如果你明天没有去戒，那么明天很可能又会犯错。想要不犯错，此中并没有秘诀和捷径，你就要一直做到戒。

其实所有事都如此，你种什么因，结什么果。但不会种一次因，就结一生的果，所谓因果，常常是你在无数微小细节中，所积累的行为反馈。就如一个人的好习性、坏习性一样，你今天当了好人，那么你今天就是好人，但这并不代表你这一生都是好人。如果你明天做了坏事，你明天也就成了坏人。

所以这也能解释，为什么在这个世界上，没有绝对的好人，也没有绝对的坏人，因为人总是会在好坏和对错中反复，所以才会得到仿若反复无常的结果和结局。

所谓的圣人，不过是在每一天都要求自己的言行与圣人的标准相符，所谓普通人，就是我们总有管不住，也管不好自己的时刻，所谓君子，就是知错就改，每时每刻善护念，纠己错，才可以做到一生无大过。

3

最后，人在持戒的过程中，需要常常警醒自己，甚至不要太过相信自己，因为我们最容易欺骗的人，常常是自己。有时，你觉得你可以做到自律，做到管住自己，做到可以丝毫不动心念，但纵容我们偷懒和懈怠的，又常常是自己。

所以，我们必须做到严格要求自己，严格遵守该有的底线和原则，不能给自己任何侥幸和过度自信的机会。

在《苏轼志林》中，有一则"苏佛儿语"的故事。元符三年八月，苏东坡在广西廉州合浦，有老人苏佛儿来访，八十二岁，不饮酒食肉，两目灿然，就像童子一般。

这位老人自称十二岁斋居修行，没有妻儿。有兄弟三人，都持戒念道，长兄九十二岁，次兄九十岁。

有一次，这位老人曾到东城卖菜，也曾见一位卖菜的老人说："自心本来是佛，不在断绝肉食。"

但这位老人却说：不要这样想，一般人听到后难于感悟到反而会易于流俗。

卖菜的老人听后大喜，说："如是！如是！"

其实这位老人的意思，并不是否定，修行就一定要断绝肉食，而是对太多普通人来说，我们如果在没有任何束缚的情况下，很难做到清心寡欲，也很难最终修道成功。但往往许多人，并没有这样的悟性，他们也许可以对任何人提高百分百的警戒，却往往忘了他最应该防备的人是自己。

侦探小说家雷蒙特·钱德勒曾说过，哪怕没有什么东西可以写，他每天也肯定会在书桌前坐上好几个小时，独自一人集中精力。

也许在外人看来，他的这一行为完全是浪费时间，甚至是多余的消耗，但这恰恰是聪明人的做法。因为人是有惰性的，当你哪怕给自己一次偷懒的机会，那么你就会任由自己一次又一次地沉迷下去。

一个人要做到受戒，并不是一件容易的事，甚至它是一件特别枯燥的事，乃至需要你有苦行僧般的毅力和坚持。但受戒的结果，却常常又是你所期待的。所以，一个人想要得到诸如好的习惯，好的品质，乃至好的人生，它就必须有所付出和忍耐，而当一个人的定力，始终不脱离该有的原则和规矩时，他就很容易获得最终的胜利。

反之，越是随心所欲，我们就越容易散漫，最终很难走出自己的贪念和欲望，也很难实现最终的蜕变。

人心似锁

一把坚实的大锁挂在大门上,一根铁杆费了九牛二虎之力,还是无法将它撬开。钥匙来了,他瘦小的身子钻进锁孔,只轻轻一转,大锁就"啪"的一声打开了。

铁杆奇怪地问:"为什么我费了那么大力气也打不开,而你却轻而易举地就把它打开了呢?"

钥匙说:"因为我最了解他的心。"

其实,所谓的人心,就是你自己的心。当你像对自己一样,给到他人想要的关心、体谅和尊重,自然就能打开他人的心。

1

真诚的关心是最高的情商

蔡康永是个情商很高的主持人。早年间,蔡康永曾在《真情指数》中采访成龙,他既没有问成龙取得的成就,也没有问成龙成功的心得,反而是问了一句:"拍电影累不累?"

就是这个看似简单的问题,居然让成龙这样的铁汉突然情绪失控，在节目中哭了整整十五分钟。

我想对一个可以在电影中不顾安危，亲身跳楼的人来说，再多的吹捧都不及这一句累不累，能让他感受到真正的温暖。

其实，无论一个人再功成名就，他最需要的情感慰藉，也不过是他人发自内心的关心和体贴。

很多年前，在《康熙来了》这个节目中，蔡康永采访舒淇，问了她一句："你做演员开心吗？"听到这一个看似平常的问题，却也让舒淇突然情绪失控，在录制现场就哭了起来。因为从她出道以来，几乎所有的媒体都把焦点放在她的过去和八卦上，很少会有人去关注，她究竟过得好不好。

其实，无论一个人再身经百战，能打动她的，也不过是有人可以放下成见和偏见，真正去在乎她的内心感受。

蔡康永之所以如此会采访，并不是因为他会说话，恰恰是因为他对被采访者，有足够的用心和在乎。

其实，每个人无论外在多么光鲜和耀眼，他也有最脆弱和最疲惫的那一面。

有两句话说："所有人都在乎你飞得高不高，没有人在乎你飞得累不累。所有人都在意你成不成功，没有人在意你快不快乐。"

成年以后，每个人都在人前，把自己的疲惫和辛苦，烦恼和痛苦隐藏得滴水不漏。彼时，想要彻底打开和走进一个人的心，需要的不是花言巧语，也不是阿谀奉承，当你真正去在意对方，哪怕是一句看似无关紧要的关心和问候，也能立马让对方卸下防备，对你呈现出最真实的状态。

2

如己的体谅是最大的格局

在生活中，每个人都有自己的苦衷和不容易，每个人也有自己的立场和出发点。当你学会去宽待和原谅他人，反而比你去惩罚和折磨他人，能更收买和笼络人心。

著名军事家曹操有很大的胸襟。在官渡之战中，最终曹操以少胜多，赢了袁军，在清点战利品时，曹操的一名心腹发现，曹操的一些部将，曾写信给袁绍，其中不乏投诚示好，甚至背叛曹操的意图。但当曹操知道后，却让心腹把这些信件烧了，他说道："当初袁绍兵力远胜于我，连我都不能自保，更何况是他们。"

后来当这些部将知道后，不仅不胜感激，甚至对他更加忠心耿耿，誓死为他效命。

有一句话说："做人做事，话不说满，事不做绝，才能够通达人情，进退自如。"

有时，给别人一条出路，恰恰是为了给自己铺路。

在《三国演义》中，刘备兵败曹操，那时，关羽为了保护刘备的两位妻子，只好暂时投奔了曹操。当时关羽提出，自己只降汉不降曹，其次，只要有了刘备的消息，他就要离开。

如果换作一般人，根本无法容忍这些要求，但曹操却非常欣赏关羽对刘备的忠诚，不仅对他礼遇有加，诚心相待，就在他不辞而别后，也依旧大气地让手下给他放行。后来，在曹操败走华容道时，原本刚正不阿的关羽也软了心，他顾念当初曹操对他的不杀之恩，于是决定放曹操一条生路。

一个人是结仇，还是结缘，往往只在一念之间。当你为人处世太狠时，只会让人产生记恨和报复。当你学会去宽容和体谅对方时，反而会让人感念你的恩和义。

3

打心底的尊重是最好的修养

在网上，有个业务员曾说过一件事。他的工作是为强生公司拉主顾，主顾中有一家是药品杂货店。每次他到这家店里去的时候，都要先跟柜台的营业员寒暄几句，然后才去见店主。有一天，他到这家商店去，店主突然告诉他今后不用再来了，自己不想再买强生公司的产品，因为强生公司的许多活动都是针对食品市场和廉价商店而设计的，对小药品杂货店没有好处。这个业务员只好离开商店。他开着车子在镇上转了很久，最后决定再回到店里，把情况说清楚。

走进店里的时候，他照常和柜台上的营业员打过招呼，然后到里面去见店主。店主见到他很高兴，笑着欢迎他回来，并且比平常多订了一倍的货。这个业务员对此十分惊讶，不明白自己离开店后，究竟发生了什么事。

店主指着柜台上一个卖饮料的男孩说:"在你离开店铺以后,卖饮料的男孩走过来告诉我,你是到店里来的推销员中唯一会同他打招呼的人。他告诉我,如果有什么人值得同其做生意的话,就应该是你。"

有一句话说,人心都是相互的。当你表示了对他人的友好,他人也会对你友好;反之,你越冷漠待人,他人也会冷漠待你。

在生活中,你能得到他人的好感,并非因为你有多厉害和优秀,恰恰是你对别人的礼貌和尊重,让别人愿意与你相处。

没有人愿意去支持一个对自己视而不见的人,但我们却会把更多的认可乃至信任,给到对我们热情和周到的人。

4

在如今这个社会,我们常常抱怨,人与人之间的距离,看似越来越近,但心与心之间的距离却越来越远。因为你会发现,想要真正去打动和感动一个人,非常难。

其实,人心就如一把锁,无论你再使多大的蛮力去撬开它,都没用,唯有你的真心,是一把可以轻易打开它的钥匙。

如果你希望得到关心,得到体谅,得到尊重,以此去对待他人,你必将赢得真正的人心。

本性具足，无须多求

1

在《庄子·齐物论》中有一则寓言故事。宋朝有一个人在他家养了一大批的猴子，大家都叫他狙公。狙公懂得猴子的心理，猴子也了解他的话，因此，他更加疼爱这些能通人语的小动物，经常缩减家里人的口粮，来满足猴子的食欲。有一年，村子里闹了饥荒，狙公不得不缩减猴子的食粮，但他怕猴子们不高兴，就先和猴子们商量，他说："从明天开始，我每天早上给你们三颗果子，晚上再给你们四颗，好吗？"

猴子们听说它们的食粮减少，都咧嘴露牙地站了起来，表现出非常生气的样子。

狙公看了，马上改口说："这样好了，我每天早上给你们四颗，晚上再给你们三颗，够吃了吧！"

猴子们听说早上从三颗变成了四颗，以为食粮又增加了，就都高兴地趴在地上，不再闹了。

这个故事也可称作"朝三暮四"，比喻有些人反复不定，刚刚说过的话不算数，或是做事时常改主意。

也许我们都曾笑话过这些猴子，总以为是它们太傻了，毕竟先吃四颗，后吃三颗，与先吃三颗，后吃四颗总量都是七颗，猴子就这样被狙公给忽悠了。但其实，我们又何尝不是那些猴子，在生活中，我们不停地去争，不停地去求，在极度膨胀的欲望和贪念中，我们以为自己得到了很多，其实并不知道自己也同时失去了很多。

因为万物都遵循着此消彼长的规律，有时你看似追求到了一些自己没有的东西，但同时也会失去一些原本你已有的东西，就如《心经》里所说的"不增不减"。

甚至从某种意义上讲，一片叶子的新生，必然伴随着另外一片叶子的凋零，而无论是在四季的交替里，还是生死的循环中，我们都没办法拥有更多，甚至也从没有失去更多，从佛学上讲人本性具足，又何谈增减，甚至何谈拥有和失去。

2

在古农耕时代，人们日出而作，日落而息，凿井而饮，耕田而食，看似生活得粗犷，但其实那时的人，有更多的时间，去亲近土地，亲近自然，亲近与万物更相近的虫鱼鸟兽。所以他们不必抱着"世界很大，我想去看看"这样对现代人来说遥不可及的梦想，因为他们本身就处在高山，处在海洋，处在森林中，不必汲汲营营，去挣很多钱，去腾挪很多时间，去创造一个原本他们生下来就具备的环境和条件。

那时，也许他们没有如今这么好的生存条件，医疗体系，甚至也没有所谓的养老保障，也没有享受过诸如汽车、飞机，乃至更多珍馐海味。

但他们那时吃的东西没有防腐剂，也没有添加剂，所以说不定比现在吃得更健康和营养。也因为没有交通工具，甚至也因为经常受到虎豹狼群的追赶，所以他们的四肢非常发达，也非常灵活，没有肩周炎，也没有腰椎间盘突出。

甚至有人说三次工业革命，改变了人们的生活方式，扩大了人们的活动范围，甚至加强了人与人之间的交流等。但当人类真的从繁重劳动中解脱了出来，却也同时增加了精神上的重负，比如以前的人，虽然每天都要干很多体力活，但那时候他们的生活也简单到心无杂念。但如今的人，虽然不必靠天、靠地、靠狩猎去维持生计，但他们也有了诸如要买房、买车，过上富裕日子的巨大压力。

也许从生存和社会的角度看，人类在不断地进步，但在文明和文化的层面来看，我们很难不说我们是在退步。当然，也并非要去争辩出，是从前朝不保夕的生活好，还是现在衣食无忧的生活好，因为有好的一面，就必然有坏的一面，万事万物都遵循着基本的平衡法则。

所以在我看来，我们不必一味地去怀古，要回到山野森林去过原始的生活，也不必对未来抱有太大的期盼，因为无论活在哪一个年代，哪一种环境，我们拥有的和失去的东西，从本质上来说是大体一样的数量。但其实在这总和不变的情况下，它只是在内部的秩序中发生了一些变化，比如在曾经兵荒马乱，甚至衣不蔽体、食不果腹的年代，我们以为吃得饱、睡得好，就是幸福。但当你真的实现这个目标了，人就会滋生出更多欲望，从而有更多贪念，于是我们又会被重重烦恼所困住，很难获得身心上真正的自由和解脱。再当你把人生当中，所有的问题都想通、想透，甚至想得足够彻底和明白时，生命其实也走向了尽头。而当你回首这一生，再去思量，就会发现原来我们每个人，都是庄子笔下的猴子。

我们总是在被一些幻象所蒙蔽，原本我们来到这个世上是孑然一身，当我们离开时必然也是空手而回，你不会增加更多不属于你的东西。

3

如今许多人都活得很纠结，他们都总是在越来越多的选择和诱惑中，迷失了方向，更迷失了自己。

其实这一生，我们的时间和精力非常有限，我们可以做的事情非常有限，我们可以得到和拥有的东西也非常有限，甚至我们眼睛可以去丈量，双手可以去触及，脚步可以去踏足的地方，也非常有限。

一个人如果看不到自己的有限，很难活出真正的无限，因为原本有限里就藏着无限。

就如曾有个故事讲，一个人跑到金字塔去寻宝藏，结果到了以后才发现，原来宝藏就在他家的后院里。

许多时候，我们走了许多弯路才能明白，人最大的财富，就在你自己的眼前和当下，而不是过去，也不在未来，这又跟佛家讲的"过去不念，未来不迎"如出一辙。

在《庄子》里有一句话说："吾生也有涯，而知也无涯，以有涯随无涯，殆已。"

其实这里的"知"，许多人都有个误解，它并不是指知识，原本这句话出自《庄子·养生主》，它更准确的说法，应该是人的欲望。意思是人的杂念太多，其实不利于健康。

延伸来说，《庄子》里"庖丁解牛"的故事，也并非如今所表示的一个人在某方面的技艺达到了高超的地步，它其实也出自《庄子·养生主》，初意是指养生应该尊重身体的客观规律。

有时，当社会的发展越快，人的欲望就越会变大，原本你已经拥有了很多东西，但你却反而感到自己拥有的越来越少，而且欲望和幸福往往成反比。

这让我想起了哲学家苏格拉底的一则故事。有一天，几位学生鼓动苏格拉底去集市逛一逛。他们说："集市里有数不清的新鲜玩意儿，您去了一定会满载而归。"第二天，学生们请他讲一讲集市之行的收获。

苏格拉底说："此行我最大的收获，就是发现这个世界上原来有那么多我并不需要的东西。"

其实,每个人真正需要的东西,非常少,因为真正的生存,并不需要太多物质上的财富,甚至我们每个人本身的天性中都藏有,对你来说,真正最重要,也是最珍贵的东西,所以你不需要向外奢求太多,诸如功名利禄的东西,你只需要清楚地知道自己真正想要的是什么,果断地摒弃那些多余的诱惑和欲望,然后不断地去丰富内在的精神财富,就可以减少许多烦恼和痛苦。

老子在《道德经》里讲到了"虚空",其实一个人只有从外去索取得越少,心中的杂念越少,功利之心越少,才能成其大器,才能成其无用之用,也才能活出自己人生的天地无限。

PART 4

人生常常是用来忍受的

我们总是以为真正的强大，
是可以去改变许多不能改变的事。
但慢慢地你会明白，
可以忍受那些不可以改变的事，才是真正的强大。
任何多余的对抗，都是无用的消耗。

做 一 个 能 扛 事 的 成 年 人

人生常常是拿来忍受的

1

重读作家罗曼·罗兰所写的《约翰·克里斯朵夫》,有一个细节,令我感触颇深。

克里斯朵夫的祖父老约翰,因为已经上了年纪,又在家里意外摔了一跤,于是失去了知觉,很快就去世了。当时克里斯朵夫伤心地痛哭了起来,毕竟这是他童年时光中,最爱他,也是最懂他的人。

当他哭得心中松快了一些,揉了揉眼睛,望着他的舅舅。舅舅知道他要问什么,于是便把手指放在嘴上,说道:"别问,别说话,哭是对你好的,说话是不好的。"

但他一定要问。

"问也没用。"舅舅回答。

"只要问一件事,一件就够了!"

"什么呢?"

克里斯朵夫犹豫了一会儿,说:"舅舅,他现在在哪儿呢?"

"孩子,他和上帝在一起。"

可是克里斯朵夫问的并不是这个:"不,您不明白我的意思。我是问他（肉体）在哪儿？他还在屋子里吗？"

当舅舅告诉他，祖父在早晨已经下葬了时，克里斯朵夫想着再也不能看见亲爱的祖父，于是他又非常伤心地哭了。

后来，他问舅舅怕不怕，并且想要舅舅告诉他怎么样才能不怕，舅舅说道："怎么不怕呢？可是有什么办法？就是这么回事，只能忍受啊。"

"忍受"二字，大概很好地形容了我们的一生。

曾经，我们总是带有几分狂妄的想法和念头，总以为人生当中遇到的所有问题，都是可以解决和改变的。但后来才发现，原来在命运的当头一棒和猝不及防中，我们显得那么无能为力和无可奈何。

人在年轻时，不太容易懂"忍受"，我们常常觉得这两个字，显得悲观、懦弱，甚至卑微。但当你有了一些经历，一些遭遇以后，才会慢慢懂得，在人的一生中，需要去忍受的东西，往往大于我们可以去改变的东西。

比如生老病死这个看似司空见惯的问题上，我们常常是一点办法也没有。

就如有些人会离开你一样。它只是早晚的事，而不是可以扭转和改变的事。无论那个人对你来说，是多么重要和不可失去，但许多时刻，我们并不愿意去承认我们其实什么也做不了，我们总是想尽各种办法，去逃避分离，逃避痛苦，逃避所有的无法割舍和难以释怀。但后来我们才知道，人生有许多时刻，你只能去面对它，接受它。除此之外，你别无选择，也别无退路。

2

我曾经在高二时，第一次读到余华的《活着》。那时，书里有一句话，令我感到大惑不解。他说："人是为了活着本身而活着，而不是为了活着以外的任何事物而活着。"

我觉得这是悲观的人生态度，人活着，怎么可能没有意义，没有价值，没有比活着本身更重要的事？

可时隔多年后，当我再次翻阅这本书，才终于有那么一点读懂了余华，读懂了《活着》。

在书里，也有一个故事情节，让我至今难忘。

当富贵亲手埋下了儿子有庆、女儿凤霞、妻子家珍、女婿二喜后，留在他身边的唯一亲人，就是七岁的孙子苦根。

因为家里穷，有一次苦根陪着富贵在田埂里摘棉花时，告诉富贵他头晕。当时富贵想着，村里的广播里说，第二天有大雨，于是他为了让苦根坚持一会儿，就哄苦根说："苦根，棉花今天不摘花，牛就买不成了。"但苦根还是说："我头晕得厉害。"富贵依旧坚持让他干到中午，看到大半亩棉花摘了下来，就放心了许多，此时才拉着苦根回家吃饭。

当富贵一拉苦根的手，心里一怔，于是赶紧去摸他的额头，烫得吓人。后来富贵给苦根吃了药，想着孩子可怜，于是去摘了半锅新鲜的豆子给苦根吃，然后出了门。谁知道等他从田地里回来，苦根已经死了。原来苦根不是发烧病死的，居然是因为吃豆子撑死的，这孩子不是嘴馋,是富贵家太穷,就连豆子苦根也很难吃上。就是在这种极度的悲伤和绝望中,甚至觉得自己罪孽深重,无法饶恕,根本没有活下去的任何理由时,富贵还是选择跟一头老牛,坚持活了下来。

其实,人生常常是这样"忍"过来的。或许我们都曾以为,自己经不起命运的惊涛骇浪,也经不起任何沉重的打击。

但后来你也会发现,人有时常常比自己想象中要坚强很多,甚至当他们扛过难,迈过坎,再回头去看时,还会被自己内在隐藏的巨大韧性所惊到。

因为无论生活给他们多大的伤害和痛苦,他们永远都能像一根崩不坏的弹簧,可以在一切暴风骤雨中,很好地反弹回来。但作为旁观者的我们,常常觉得这样的能力,是相当厉害的,是不可企及的,甚至是无法超越的。

其实人的承受力是个无限未知数。只是有些人很幸运,一辈子都不必去试探和考验自己最大的承受极限究竟在哪里。

3

我们这一生,有太多不想面对的人,不想去承认的事,以及不想回忆起的糟糕经历。但人生就是这样,有时我们只能选择去直面它,任何多余的对抗,都是无用的消耗。

记得在陈忠实所写的《白鹿原》中,当白嘉轩被告知自己最小,也最疼爱的女儿白灵为了革命已经壮烈牺牲时,白嘉轩"噢"了一声,微微扬起脱光了头发的脑袋,用只剩下一只明亮的眼睛瞅着蓝天上的太阳没有说话。

当我第一次读到这个细节时,不明白白嘉轩为何可以做到如此淡定和从容，按照正常的逻辑，这应该是一个歇斯底里的情绪状态才对。

直到我在隔了几年后，再次去阅读时，才逐渐对白嘉轩所表现出的"漠然"态度，有了更深的理解和同情。

其实，人越是遇到了天大的事，越是不会叫嚣，也越没有想要去宣泄的冲动。甚至可以做到岿然不动的人，都有着极大的智慧和超高的境界。

许多时刻，我们总是以为真正的强大，是可以去改变许多不能改变的事。但慢慢地你会明白，可以忍受那些不可以改变的事，才是真正的强大。

或许，人要在上了一定的年纪，有了一定的阅历以后，在一些无力回天的事上，才能学会坦然地去接纳和面对。

有时，你以为自己一定学不会，但真当你遇上了，你也就学会了。有时，你以为自己一定忍不了，但当你真正走到那一步时，你自然也就能忍了。

木心先生曾说过一句话："生命是时时刻刻不知如何是好。"

其实，在我们人生当中大部分的时光，不是抱着巨大的期待和妄想，去学会如何让生命时时刻刻变好，恰恰是怀着足够从容和平和的心态，去学会如何忍受无数个不知如何是好的时时刻刻。

天寒露重，望君保重

1

台湾著名作家林清玄先生，于 2019 年 1 月 23 日，在睡梦中与世长辞。而就在当天早晨的 9 点 32 分，他在微博中，还更新了一段话："在穿越林间的时候，我觉得麻雀的死亡给我一些启示，我们虽然在尘网中生活，但永远不要失去想飞的心，不要忘记飞翔的姿势。"

当时得知这一消息时，突然就感到十分沉重，虽然并未与林先生见过面，他也并不认识我，但他的逝世，让我有一种仿若亲人离开般的难受和不舍。

跟大多数读者一样，我一直很喜欢他的作品。每当身心感到浮躁、不安、迷茫时，他的文字总能给我带来安慰、鼓励和开悟。

就在 2018 年 11 月，林清玄宣传他的新书《换个角度看生活》，我的图书编辑恰好也是这本书的编辑，并随着林先生一起去到外地做新书宣传。因为知道我很敬佩林先生，尽管当时他已经回到了北京，但我的编辑趁工作之便，依旧让他在北京的同事帮我要到了一份林先生的亲笔签名。

只有七个字：思圆，平安，林清玄。

字极少，但在我心中，却意义非凡。

后来，我无意间看到国学大师南怀瑾先生，曾在一篇文章里写道："十多年来，我给人写信，最后的祝福语都是写'恭祝平安'。人生最难得是平安，人生最难得是平安，人生平安就是福气。平安最难，永远保持平安前进是最困难的，真能保持平安，才能保持长久。"

每当看到"平安"这两个字，就会不由自主想起林先生来。

2

大概，人跟人之间的缘分，是注定的。
有的人，虽然从未谋面，但你依旧对他有一种莫名的亲切感。

有的人，虽然已不在人世，但他的作品，他的智慧，他的境界，却像一道道光，一直照亮你，激励你，温暖你。
我常常在夜晚临睡前，去林先生的微博看一看他曾经说过的话，有过的感悟，做过的演讲。有很长一段时间，我都不敢去看他的书。因为只要看到他的书，就会想起他，内心就会涌出一股莫名的心痛。
我曾以为，像我这样怀念林先生的人大概不多，毕竟他已经离开很长一段时间了。但有一次，我发现他的微博下面，依旧有无数人还在留言，并且每个月都从未有过间断。

而读者的这番话，让我尤为感动：虽然再也没有更新，可还是会时不时地来看看你。想你了，就过来看看。想起你来，有点难受。突然好想你，过来看看你……

作为一个写作路上的初学者，我常在反思，一个真正的作家，怎样才算真正的功成名就？是生前的鲜花、掌声、功与名吗？其实这些都是很虚的东西，毕竟许多人，一旦人走了，光环也就彻底不在了。

如若一个作家，在身后，依旧被人深深惦记，依旧被人记在心中，在这个善忘和善变的社会中，是多么弥足珍贵。

想起古时，有许多帝王将相，都在追求所谓的长生不老、长命百岁。于是他们绞尽脑汁，用尽毕生的心力，召集道士，炼制仙丹，企图可以逃避死亡，延长寿命。

虽然我们都知道在这个世上并没有长生不老药，但即便真的有，也顶多是为了自己享福，却没有为大众、为社会、为人民造福。这样的长命百岁，又有何意义？

有人说，强者度己，圣者度人。

其实一个人想要长生不老并不是没有办法，那就是永远活在人们心中。而想要永远活在人们的心中，通常有三种方法，诚如《左传·襄公二十四年》所说："太上有立德，其次有立功，其次有立言，虽久不废，此之谓三不朽。"

其实林先生虽然离开了我们，但他的精神和著作，却可以永远活在我们心中，不断地启迪、度化、温暖到更多的人。

3

在林先生去世的第二天，也就是2019年1月24日，他的微博上，有一封来自家属的信：

读者朋友们：

林清玄老师于1月22日凌晨，于睡梦中与世长辞了。

林清玄老师曾经说过：我们会害怕生死是因为我们不知道未来还有世界，未来还有人生。佛法难闻今已闻，人生难得今已得。人的身体很难得到，现在已经得到，要好好用来修行。如果你知道生跟死之间，就好像你移民去美国，虽然这里的人看不到你了，可是他们知道你很安好，因为你在美国。如果你相信佛法，就是说你在这里大家处得很好，有一天你不在，我们不会悲伤，因为直到你去极乐世界或者你去了极乐净土，你只是换了一个地方居住。

如果有这样的高度，其实生跟死没什么两样，在我看起来就是这样子，就好像移民或者搬到别的城市去居住，总有相逢之日。

深深祝福！

如此洒脱，如此超然，这大概就是大师的风范，即便在面临死亡时，也可以做到不畏不惧，也能坦然面对，更给许多活在人世间尚未摆脱烦恼和迷茫的人，以更多的勇气，信心和点拨。

人固有一死，并且生死，也并非你我可以提前预知和预测，因为我们并不知道明天和意外，究竟哪一个先来。但如果我们能在死亡来临时，依旧可以做到平静地接受它，而不是感到恐惧，大概就会少许多遗憾、懊悔和痛苦吧。

人这一辈子，在生前，一定需要向阳而生，也永远不能忘了飞翔的心，更不能放弃自己的梦想和追求。

其实到了终点，我们才明白，人这一生，都是向死而生，都在为死亡做准备，这不过是殊途同归而已。

正如诗人臧克家曾说：有的人活着，他已经死了；有的人死了，他还活着。

云山苍苍，江水泱泱。先生之风，山高水长。

愿林清玄先生，在人世的另一处，记得"天寒露重，望君保重"。

赢得人心的三大定律

《孟子》里有一句话："得人心者，得天下。"

卡耐基也曾说：一个人的成功，85%基于良好的人际关系。

想要赢得人心，不妨看看以下三大定律。

1

轻财，聚人心

一个熟人，曾跟我讲起，自己的部门主管不受待见，倒不是她的能力不强管不住人，而是她总是喜欢邀功抢赏。

大家一起做出来的业绩，她每次都要独揽到自己身上去，完全没把团队的辛苦合作，当作一回事。

每到年底评选先进时，她总是给自己先占一个名额，从不会给真正拼命工作的同事肯定和奖励的机会。

每次出去吃饭时，她也总是让同事们一起出钱请她，但她却总是一毛不拔，从没有想过犒劳自己的下属。

古话有言："天下攘攘，皆为利往；天下熙熙，皆为利来。"

在这个世上，一个人越舍得让利，才越会得人心。相反你把利看得越重，越会失去人心向背。

杜月笙，是中国近代史上的一个传奇人物。

1910年，年仅23岁的他还只是青帮老大黄金荣的手下兄弟，那时黄金荣为了考验他，于是赏了他三千块大洋。

原本，杜月笙可以用这些钱，在上海买一座大宅，并且从此以后过上相对富裕阔绰的生活。

但他拿了钱以后，居然径直乘船过江，到了陆家嘴的一个金桥下，把钱都分给了底下的弟兄们，并提到："我杜某乃一凡夫，承蒙诸位相助，方有今日，钱虽不多，兄弟共享。"

黄金荣知道这件事后，非常震惊地说：小儿如此大志，恐十几年后，上海滩只知有他，不知有我了。

果然不到十年时间，30岁的杜月笙就已威震上海滩。

有一句话说:"财散人聚,财聚人散。"

其实,真正做大事的人,都有大格局。他们宁愿舍小财,聚人心,也不会为了钱,丢人心。

毕竟千金易得,人心难买。

一个人越舍得给别人利,才越易得到他人尽心尽力的拥戴。

一个人越把财看得太重,也越不易得到他人全心全意的效力。

2

量宽,笼人心

在《红楼梦》中,林黛玉和薛宝钗曾是情敌,但后来却成了金兰之交。

在第八回中,宝玉去探望生病的宝钗,当时宝玉正闻到了宝钗身上的药香味,正好赶来的黛玉,见到此景后说:"我来的不巧了!"

此处我们可见,黛玉话里话外的醋意。

在第二十八回中,因元春赏赐端午节礼物,宝玉和宝钗的一样,但黛玉却不一样。宝玉怕黛玉多心,将自己的礼物送去。

但黛玉却拒绝道:"我没这么大福禁受,比不得宝姑娘,什么金什么玉的,我们不过是草木之人!"

此处亦可见,黛玉话中有话的芥蒂。

但宝钗并没有计较,反而处处善待她。

在第四十二回中,黛玉在行酒令时,被宝钗发现,她偷看禁书《西厢记》和《牡丹亭》。

但当着众人的面,宝钗并没有揭穿她,而是在事后,单独去找黛玉,动之以情,晓之以理,让她从此改过。

而平时尖酸刻薄的黛玉听了此番话后,竟然垂头吃茶,心下暗服,只有答应"是"的一字。

在第十四五回中,黛玉犯旧疾,宝钗前去探望,建议她每天吃一两燕窝。

但黛玉对其诉说了,自己寄人篱下,有许多不便之处。于是善解人意的宝钗拿自己家里的燕窝,熬好后交给丫头给她送来。

此时的黛玉被感动,她终于敞开了心扉道:你素日待人,固然是极好的,然我最是个多心的人,只当你心里藏奸。往日竟是我错了,实在误到如今。

从此两人成了知心姐妹，彼此推心置腹，坦诚相待。

其实人跟人之间，难免会有摩擦和隔阂。

当你把心量放大，待人多一份真诚和善意，少一份计较和敌对，就会收获人心。

反之，一个人的心量越小，也就越容易与他人结梁，从而彼此产生鸿沟和嫌隙。

原本化敌为友比反目成仇，更易收摄人心，原本冰释前嫌，比针锋相对，更易笼络人心。

3

重义，挽人心

刘备在新野与曹军大战时，因军师徐庶的计谋，打了胜仗。

当曹操得知后，用计把徐庶的母亲骗到了许都，并冒用徐母的名义威胁徐庶。

当时徐庶万分纠结，一边是自己的生母，一边又是器重自己的贵人，他感到难以取舍。

当时就有人跟刘备说，不要放徐庶走，就让曹操杀了徐母，这样更能激起徐庶的仇恨，使其死心塌地地跟着刘备打江山。

其实，刘备也不愿徐庶走，但他又不忍心徐庶弃母亲于不顾。

于是他对徐庶说："百善孝为先，何况是母子分离，你放心去吧，等救出你母亲后，以后有机会我会再向先生请教。"

第二天刘备摆酒为徐庶饯行，还为其亲自牵马送行，当时感动得徐庶热泪盈眶。

当徐庶走远以后，突然拍马回来，他说有一个很重要的人，一定要推荐给刘备，这个人就是南阳卧龙诸葛亮。

并且他还叮嘱刘备，一定要对其尊重，因为有这样的劝告，才会有刘备后来的三顾茅庐。

甚至徐庶还不放心，接着明知去找诸葛亮会被责备，但依旧亲自去南阳找诸葛亮，并请求他务必答应辅佐刘备。

其实，刘备的成功，离不开他当初对诸葛亮的赏识，更离不开当年他对徐庶的厚道。

正因有了徐庶的引荐，刘备才会有机缘结识诸葛亮，也才会成就后来的一番伟业。

有一句话说：你对我有义，我必对你有情；你对我有恩，我必对你有心。

一个人只有设身处地为他人着想，才能得到他人的投桃报李。

一个人只有对他人的处境感同身受，才能得到他人的一片丹心。

相反，若你凡事只考虑自己，置他人于不顾，甚至违背人心道义，最终只会得到他人的背弃。

一个讲义气的人，即便眼前会吃小亏，从长远来看，也会给你带来意想不到的好运和福报。

4

《孟子》里有言，天时不如地利，地利不如人和。

你只要肯以财利人，肯以宽心容人，肯以情义动人，就能得到他人的认可，信任和折服。

赢得人心，才能赢得事业的成功，赢得前途的无量，赢得道路的宽广。

你我共勉。

永远不要，
轻易评价一个人

在《月亮与六便士》中，曾写过这样一段话："我们每个人生在世界上都是孤独的。每个人都被囚禁在一座铁塔里，只能靠一些符号同别人传达自己的思想。而这些符号并没有共同的价值，因此它们的意义是模糊的、不确定的。我们非常可怜地想把自己心中的财富传送给别人，但是他们却没有接受这些财富的能力。因此我们只能孤独地行走，尽管身体相互依傍却并不在一起，既不了解别的人也不能为别人所了解。"

其实，了解一个人，并不容易。因为每个人都有不为人知，甚至隐藏很深的一面。不轻易去定义和评价他人，体现了一个人的觉悟和素养。

1

不以世俗的成功，定义一个人的幸福

主持人杨澜曾在一篇文章里提到，她曾在普林斯顿大学，采访

1998年诺贝尔化学奖获得者、美籍华人崔琦。当时崔琦讲道,自己出生在河南最贫穷的农村,十几岁前从未读过书,只是在家放猪。这时有了一个机会,可以出外读书,他母亲把家里仅有的面粉做了几个馒头,给他带上,跟他说:"你要出去好好读书,只有这样才有前途。"

当时他还不太愿意出去,就问妈妈:"什么时候可以回来?"

他妈妈说:"到秋收,你就能回来看我们了。"

这样他就和一个远房亲戚走了。可没想到,之后的战乱让他这一走,就再也没能回来,再也没见到他的父母。

谈到这里,杨澜问他:"如果当年你妈妈不坚持把你送走,今天的崔琦又会怎样呢?"

其实杨澜的问题是有诱导性的,她想让他说,如果人不接受教育,会依旧很贫困这类的话。但崔琦的回答大大出乎杨澜的意料:"我其实并不在乎,如果我留在农村,也许我的父母就不会饿死。"

对大多数人而言,常常以为一个人只要拥有财富地位,拥有较好的物质条件,甚至拥有非凡的成就,就会活得很满足。

可慢慢地你会发现,并不是每个人都以外在的名利,作为人生全部的意义和目的。

有时,一个人追寻和得到的,看似功成名就,其实不一定是他真正想要的东西。

有时,一个人失去和放弃的,看似无关紧要,但又恰恰是他们最难以割舍和放下的东西。

2

不要以你的三观,评价一个人的生活

著名音乐家约翰·列侬,曾说过这样一段话,我感触很深。"5 岁时,妈妈告诉我,人生的关键在于快乐。上学后,人们问我长大了要做什么,我写下快乐。他们告诉我,我理解错了题目。我告诉他们,他们理解错了人生。"

我们常常以自己的三观,去片面地评价别人。其实,每个人的生活方式大不相同,无法去定义绝对的好和坏。

作家蔡澜曾提到两件事。有一次,他去西班牙的伊比沙岛看外景,有一个退休的嬉皮士在那儿钓鱼。蔡澜一看前面那些鱼很小了,一转过头来,那边的鱼大得不得了。

他说:"老头,那边鱼大,为什么在这边钓?"

老嬉皮士看着蔡澜说:"先生,我钓的是早餐。"

还有一次,他在印度山上,有位老太太整天就煮鸡给他吃。于是蔡澜对老太太说:"我不要吃鸡了,我要吃鱼呀!"

那太太说:"什么是鱼?"

她都没看过,那儿是山上。蔡澜就拿了纸画了一条鱼给她,说:"你没有吃过真可惜呀!"

老太太望着他说:"先生,没有吃过的东西有什么可惜呢?"

作家毛姆曾写道:"做自己最想做的事,生活在自己喜爱的环境里,淡泊宁静,与世无争,这难道是糟蹋自己吗?

"与此相反,做一个著名的外科医生,年薪一万镑,娶一位美丽的妻子,就是成功吗?

"我想,这一切都取决于一个人如何看待生活的意义,取决于他认为对社会应尽什么义务,对自己有什么要求。"

每个人的三观,并不相同。

有时你极力去追求的,或许是别人并不在乎的。

有时你觉得遗憾的,也恰恰是别人不在意的。

所以,请走自己的路,不要去打扰别人的生活。

3

不要从别人口中,去了解一个人

我们常常会从别人的嘴中,去了解一个人,去判断一件事。每个人对不同的人,有不同的立场和态度。每个人对不同的事,也会有不同的底线和原则。著名画家齐白石,在许多人眼里,十分节俭,甚至是"抠门"。

比如黄永玉先生,就曾在《比我老的老头》一书中写道:"老人见到生客,照例亲自开了柜门的锁,取出两碟待客的点心。一碟月饼,一碟带壳的花生。路上,可染已关照过我,老人将有两碟这样的东西端出来。月饼剩下四分之三，花生是浅浅的一碟。都是坏了的，吃不得。寒暄就座之后，我远远注视这久已闻名的点心，发现剖开的月饼内有细微的小东西在活动，剥开的花生也隐约见到闪动着的蛛网。"

原来齐白石招待客人的点心，其实不过是碍于体面的一种装饰品。但齐白石并不是对所有人，都这么吝啬。他对最钟爱的弟子李苦禅，相当大方。

李苦禅曾是北平艺专西画系的学生，当年他拜齐白石为师父时，齐白石非常器重他，不但不收学费，还经常留李苦禅在家吃饭，甚至自掏腰包为他提供所有的绘画用品。

齐白石亲自操刀，专门为李苦禅雕刻了一枚"死不休"的印章送给李苦禅，以此激励他在画画上，要有"丹青不知老之将至，语不惊人死不休"的情怀和执着。

有一句话说："不要从别人嘴里了解我，因为我对谁都不一样。"

有的人，或许只是一面之交，萍水相逢，所以你只是给予表面的周到和客套。

有的人，你非常珍惜、欣赏且看重，所以你愿意为其付出更多的用心和关照。

在这个世上，每个人都渴望被了解。但每个人都有自己的性格、自己的想法，自己真正想要过的独一无二的人生。

你眼里的成功，并不是他人想要的幸福。

你眼里的富裕,也不是别人追求的快乐。

所以,不要轻易定义和评价一个人,尤其是你了解不深的人。

与朋友们共勉。

《西游记》：
人性的三个真相

在中国的四大名著中，男女老少都喜爱，且家喻户晓的，当数明代吴承恩写的《西游记》。

小时候，多数人都曾看过，电视剧版的《西游记》。

那时我们只对其中栩栩如生的人物、跌宕起伏的故事情节，记忆犹新，百看不厌。直到长大后，我们看原著才发现，它讲的原来是我们每个人的人性和人生。

1

聪明人多敛藏，愚钝者常炫耀

在《西游记》第十六回中，孙悟空跟随唐僧到观音寺暂住一晚。就在寺院里的老僧拿出自家的宝贝与唐僧观赏时，反问了唐僧："老爷自上邦来，可有甚么宝贝，借与弟子一观？"

原本唐僧推托道："可怜！我那东土，无甚宝贝；就有时，路程遥远，也不能带得。"

但孙悟空立马说："师父，我前日在包袱里，曾见那领袈裟，不是件宝贝？拿与他看看何如？"

当时唐僧叮嘱，切不可将宝物露人，但悟空以为自己本事大，不会出岔子，结果老僧见后，起了邪念，想据为己有。最终袈裟又被黑风山怪窃走了，幸好菩萨相助，才将其取回。

有一句话说："聪明人多敛藏，愚钝者常炫耀。"

无论是钱财，还是名利，抑或优于他人之长，人都要尽量学会低调，不要故意去显摆、卖弄和炫耀。

因为人性常常经不起诱惑和考验，若你引起了他人的嫉妒之心，就会为自己招来无数麻烦和祸患。

2

勿以小恶弃大美，勿以小怨忘大恩

许多人对猪八戒的印象是好吃懒做，其实在《西游记》的原著里，他是个很勤快，也很踏实、肯干的人。

在第二十八回中，高老庄有一户人家生了三个女儿，这个老人想要找个养老女婿，指望他撑门抵户，做活当差。

三年后，有一个汉子，说是福陵山上人家，上无父母，下无兄弟，老人见他是个无牵无绊的人，就招他与自己的三女儿翠兰结为夫妻，这个人就是猪八戒。

自从猪八戒进了门后，耕田耙地，不用牛具；收割田禾，不用刀杖。

昏去明来,其实也好。唯有一些小事,让老人不满意。比如猪八戒长得丑,食量大,又会飞沙走石,有点吓着周围的邻里。于是老人就为了外人的评价和眼光,也因为嫌弃猪八戒身上的缺点,四处请道士去降服他。但听了老人的话,就连唐僧也替猪八戒说好话:"只因他做得,所以吃得。"

而孙悟空在了解真相后,也替猪八戒打抱不平地说:"你这老儿不知分限。那怪也曾对我说,他虽是食肠大,吃了你家些茶饭,他与你干了许多好事。这几年挣了许多家资,皆是他之力量。他不曾白吃了你东西,问你袪他怎的。据他说,他是一个天神下界,替你巴家做活,又未曾害了你家女儿。"

后来,猪八戒随唐僧去西天取经。直到走时,猪八戒也没有为难老人,更没有带走分毫为高家挣来的家业。只是在临走分别时说:"丈人啊,我的直裰,昨晚被师兄扯破了,与我一件青锦袈裟;鞋子绽了,与我一双好新鞋子。"

曾国藩曾说过一句话:"勿以小恶弃人大美,勿以小怨忘人大恩。"

许多时刻,我们最常犯的错,就是因为一点错,就忘了别人所有的好。

其实,在这个世上,并没有十全十美的人。

有时,我们对他人的指责和抱怨,常常是因狭隘和偏执。

有时,我们对他人的不容忍和不待见,也常常是因为计较和挑剔。

3

吃饭七分饱，待人七分好

众所周知，唐僧既是孙悟空的师父，也是孙悟空的恩人，若没有他，孙悟空也只能被压在五指山下，不见天日。但我们会发现，虽然孙悟空也有赌气出走之意，但他自始至终，对唐僧都是忠心耿耿，绝无二心。但唐僧对这个处处护自己周全的孙悟空，仿佛并没有太多怜爱，反而是百般挑剔和刁难。

在第六回中，唐僧和孙悟空在行走途中，遇到了六个强盗，威胁他们留下马匹，放下行李，不然就会取其性命。但当孙悟空将这些人一一打死时，唐僧却不体谅孙悟空此举，是为了保护他，更是不得已而为之。反而责怪孙悟空道："出家人扫地恐伤蝼蚁命，爱惜飞蛾纱罩灯。你怎么不分皂白一顿打死，全无一点慈悲好善之心。"

无独有偶。

在第二十七回中，师徒们行到嵯峨之处，唐僧道："悟空，我这一日，肚中饥了，你去那里化些斋吃。"

孙悟空陪笑道："师父好不聪明。这等半山之中，前不巴村，后不着店，有钱也没买处，教往那里寻斋？"

唐僧此时心中大为不快，虽然深知此处山岚瘴气，颇有危险，但依旧责备悟空懒惰，逼着他外出找吃的。

悟空当时无奈地回道："师父休怪，少要言语。我知你尊性高傲，十分违慢了你，便要念那话儿咒，你下马稳坐，等我寻那里有人家处化斋去。"

其实，在西天取经的路上，唐僧最依靠的人是孙悟空。但他最不怜惜和体谅的人，恰恰也是孙悟空。

有一句话说"吃饭七分饱，对人七分好"。

有时，我们的掏心掏肺，换来的是对方的变本加厉。有时我们的披肝沥胆，换来的却是对方的肆意妄为。

其实，人能够伤害的，往往都是在乎自己的人。

因为我们吃定了他们的不离不弃，所以才会肆无忌惮地去折磨和伤害他们。

也因为我们吃定了他们的无怨无悔，所以才会露出人性最坏、最自私、最不讲理的那一面。

4

虽然《西游记》是一本神话小说，但它放在现实中，却处处是学问和智慧。

有时，我们看似在读书，其实是在读人，更是在读人性。

在唐僧身上，我们看到了坚定执着，也看到了他性格上的好唠叨和爱挑剔。

在八戒身上，我们看到了憨厚忠实，也体会到了旁人对他的偏见和不认可。

在悟空身上，我们看到了足智多谋，也看到了爱炫耀和强出头给他带来的烦恼和困扰。

以上，愿你我，有则改之，无则加勉。

一个人真正的强大，
是从沉默寡言开始

在这个世上，人人都有说话和表达的权利和自由。但可以做到克制自己，不去解释，不去辩驳，不去纠正别人，却是一件相当难的事。

有时你会发现，越无能的人，越喋喋不休。但越强大的人，越喜欢沉默寡言。

1

强大的人无须自我解释

在生活中，我们常常会遇到被他人误解，甚至被冤枉的时刻。出于本能，大多数人会立马想去解释，去澄清。但也有那么一小部分人，无论他人怎么说，怎么看，怎么议论和评判，他们都仿佛无动于衷。

其实，没人愿意成为众矢之的，但之所以不去解释，不过是知道，在不相信你的人面前，解释毫无意义，甚至会越描越黑，还不如不去理会，让自己活得更舒坦和清净。

公孙弘曾是汉武帝时的宰相，原本处于一人之下、万人之上的地位，但他为人却十分简朴低调。但当时任都尉的汲黯却十分看不惯他，于是向汉武帝进谏说，公孙弘俸禄很多，却伪装勤俭节约，就是为了哗众取宠。

当汉武帝亲自问公孙弘有没有这回事时，公孙弘却回答说："汲黯说的是事实，臣不多言。"

还有一次，公孙弘和大臣们在朝廷议事，可是上朝奏请皇帝定夺时，公孙弘却又有个更好的主意，于是临时改了想法。

当时汲黯很生气，当众斥责公孙弘："你太奸诈了，刚跟我们商议时说的是一套，跟皇上禀奏时，又说的是另外一套。"

后来汉武帝又问公孙弘："事实证明你所陈述的事情是对的，可当大臣们诘难你的时候，你为什么不澄清呢？"

公孙弘淡定地答道："知臣者以臣为忠，不知臣者以臣为不忠。"汉武帝听了连连点头，对他更加重视。

许多时刻，我们总想要向别人证明自己别无二心，别无他意，也别无其他坏的想法和品性。但事实上，相信你的人，始终相信你。不相信你的人，你说再多都无济于事。

画家陈丹青曾说过一句话："你没必要不停地向人说其实我是一个什么样的人，因为人们只会愿意看到他们希望看到的。我甚至觉得，你把真实的自己隐藏在这些误解背后，挺好的。"

一个人所犯的最大错误，就是把那些不重要的人和事随意请进你的生命里，与其无止境地纠缠下去。

2

强大的人不需要与人辩驳

不知你是否发现，每个人的认知水平、思维方式，乃至格局和境界都有所不同，看问题的角度和高度就会有所不同。尤其是不同层次的人，其实是很难沟通的。

如果你越去辩驳，越会弄巧成拙，甚至适得其反。但当你保持沉默，既息事宁人，也不必惹是生非。

峨眉山上住着一位得道高僧，已经活了一百岁。有人远道而来，向他请教快乐的秘诀。高僧平静地说："永远不要和愚者争论。"

那人似乎对这个答案并不满意，于是说："大师，我不太同意你说的这一点就是秘诀。"

高僧笑呵呵地说："是的，你说得很对！"

其实，我们不必去奢求跟所有人都能志同道合，也不必去强求所有事都能一言即合。

话要说给懂得的人听，道理要讲给明白的人悟，千万不要跟不同层次的人多费唇舌。

在生活中，我们大概会遇到这样的人：

你在看书和学习时，总有人讽刺你假装有文化。

你在健身和运动时，总有人挖苦你闲着没事干。

甚至你在考研、读博和留学时，总有人劝你，还不如早点恋爱，结婚，生孩子。

面对这样的人，你很难跟他们阐释学习的快乐、健身的好处，以及提升自我的充实和满足。反而你越去辩解，既是对自己的不认可和不自信，也很难说服别人真正去理解你的选择和决定。

就如一句话所说，你站在山巅，告诉他前面是一片汪洋，他在半山腰，只能看到满目的荒凉。

有时，不去辩解，不去反驳，恰恰是尊重自己和他人，因为你真的没必要让所有人都来理解和支持你。通常只有弱者，才始终活在别人的眼光和看法中，真正的强者，他们不需要活在别人的评价体系里，只管做好他们自己。

3

强大的人不试图纠正别人

哲学家叔本华曾说："在和别人交谈时，要克制去纠正别人的冲动，尽管我们这样做出于好心。因为想要伤害别人很容易，但是，想要改善别人，即使没有阻挠，那也是很困难的。"

在生活中，别人熬夜、追剧、打游戏时，你非要一厢情愿地警告别人，作息不规律，身体拖不起。

别人烦恼、痛苦、不开心时，你非要用过来人的经验，去劝别人要学会放下，看开，不纠结。

甚至别人喜欢胡吃海喝，不锻炼，你非要冷不丁来一句：控制不好体重的人，很难控制好这一生。

也许你得都对，但大多数时刻，别人并不喜欢听你说，甚至讨厌和反感你这样说。

理解你的人，尚且理解你的好心和好意，不理解你的人，还觉得你多管闲事。

有时，我们管好自己，都不容易，却总花太多时间和精力去管别人。

有时，我们关心自己，都来不及，却总是太在意别人的私事和情绪。

在一次宴会上，一位男人给卡耐基讲了个笑话，这个笑话里面引用了一句话，他解释说，这是引用自《圣经》。卡耐基当时听了就觉得不对，于是立马指出那句话是来自莎士比亚的某部作品，两人各持己见，争论不休。

于是，卡耐基带着这个问题，去问另一个对莎士比亚著作十分熟悉的朋友。这位朋友听后，用脚在桌底碰了碰卡耐基，然后赞同了那位男子的观点，表示那句话是出自《圣经》。

在回去的路上，卡耐基十分不解地问那位朋友，为什么要"偏袒"错误的一方。

朋友说，指出他的错误会让他丢脸，而且他也没问别人意见，也没必要和他顶嘴，和人面对面地对着干是不明智的。

当一个人学会了适时闭嘴，也就学会了成熟，也学会了为人处世最重要的道理。

其实，在别人没有主动问询和请教你时，不要好为人师，不要自作聪明，这是成年人最大的克制和自律。

4

人在越年轻，越没有能力，越没有经历时，越会在言语上，去证明自己；在言语上，去战胜别人；在言语上，去分对错论输赢。

但真正等到一个人成熟以后，他就会知道，沉默寡言才是一个人最自信、最独立、最强大的体现。

鲁迅曾说过一句话："唯沉默，是最高的蔑视。"

比去解释自己更重要的是，你无须向任何人解释。
比去说服别人更重要的是，你无须去说服任何人。

一默如雷

1

在《碧岩录》里有一则故事，令我印象深刻。

有一位大隋和尚，他在伪山和尚的禅院做火头时，有一天伪山问他："你在这里已待了数年，也不提个问题，看看你修行得怎么样？"

"你让我问什么呢？"

伪山提示道："何不问一问什么是禅？"伪山刚说完，大隋便用手把他的嘴堵住。

伪山赞叹道："你已经参透禅的真义啦。"

在中国流行的儒释道三大传统文化中，几乎都倡导尽量少说，甚至不说。孔子提到谨言慎行，老子提到无为不争，而佛家提到一默如雷。

或许人在年轻时，不太能了悟其中的深义，但随着年纪增长，也越来越懂为什么沉默往往比千言万语更具备万钧之力。

2

从我们第一天咿呀学语开始，我们都以为开口说话，是为了更好地去阐释我们自己的观点和想法。但慢慢地你会发现，语言本身有太多局限性，甚至它还会起到适得其反的作用。

记得诗人穆旦曾写过一段话："静静地，我们拥抱在用语言所能照明的世界里，而那未成形的黑暗是可怕的，那可能的和不可能的使我们沉迷。"

大多数时刻，人跟人的交流都过分地依赖于语言的表达，但在这个世上，其实有许多语言抵达不了的地方。就如人类一直追求真善美的精神，真理是什么，善是什么，美又是什么，我们很难用一两句话去阐释它们。因为你会发现，它们就像宇宙一样是无尽头的，人只能在有限的生命状态中，去寻求相对的自我标准。

而即便在许多纷争中，我们也很难通过语言真正分辨出，一个人究竟是好人还是坏人，一个行为究竟是对还是错。因为我们常常只是通过表相的事实，去粗糙地评判万事万物中，那些所谓的公正和合理性。但在更深层次的根源之下，我们每个人都是盲人摸象，只是看清楚了一小部分自己肉眼可见的冰山一角。

所以，我常常觉得，一个自诩是最善良、最公平、最不会犯错的人，恰恰不具备这样的美德和智慧。因为当一个人有了相当的自省能力，他就会越来越发现自己的愚昧和无知，也就能清晰地认识到自己客观存在的局限，从而始终保持着一种自我检讨的谦卑，而不是固执己见，始终以自我的偏见和成见作为看世界的方式和态度。

3

有这样一则故事。有一个流浪汉,走进寺庙,看到菩萨坐在莲花台上受众人膜拜,非常羡慕。

流浪汉说:"我可以和你换一下吗?"

菩萨道:"只要你不开口。"

流浪汉坐上了莲花台,他的眼前整天嘈杂纷乱,要求者众多。他始终忍着没开口。

一日,来了个富翁。

富翁说:"求菩萨赐给我美德。"

富翁磕头,起身,他的钱包掉在了地上。

流浪汉刚想开口提醒,他想起了菩萨的话,便没有作声。

富翁走后,来的是个穷人。

穷人道:"求菩萨赐给我金钱。家里人病重,急需钱啊。"

穷人磕头,起身,他看到了一个钱包掉在了地上,便说道:"菩萨真显灵了。"拿起钱包就走。

流浪汉想开口说不是显灵,那是人家丢的东西,可他想起了菩萨的话,还是没有开口。

这时,进来了一个渔民。

渔民道:"求菩萨赐我安全,出海没有风浪。"

渔民磕头,起身,他刚要走,却被冲进来的富翁揪住。

为了丢失的钱包，两人扭打起来。富翁认定是渔民捡走了钱包，而渔民觉得受了冤枉无法容忍。

流浪汉再也看不下去了，他大喊一声："住手！"把一切真相告诉了他们。一场纠纷平息了。

你觉得这样很正确吗？

菩萨说："你还是去做流浪汉吧，你开口以为自己很公道，但是，穷人因此没有得到那笔救命钱，富人没有修来好德行，渔夫出海赶上了风浪葬身海底。要是你不开口，穷人家的命有救了，富人损失了一点钱但帮别人积了德。而渔夫因为纠缠无法上船，躲过了风雨，至今还活着。"流浪汉默默离开了寺庙……

许多时刻，我们总是着急着去评判一件事情的对与错，其实万事万物的机缘，有时自有它的秩序和逻辑，甚至它常常与表象是相悖的。

有时，我们以为自己是出于一种善意，去给别人传达一种正面的思考，或者在某一件事或现象中，替别人做出自以为绝对高明的分析和绝对准确的结论。更多时刻，比说什么更难的是，你能拥有一份自知之明，知道自己不必多言，乃至保持沉默的清醒。

比去追求所谓的事实更难的是，你可以抑制住自己去评判的冲动，耐心地去等待真相自己浮出水面。

4

不知你是否有这样的体会，有时我们跟一个人交流，也许彼此之间不去争论，反而并没有太大的矛盾和隔阂，一旦经过各自的表达，反而越达不到你预期所想的理解和懂得。

甚至话不投机时，还会让你产生一种越说越错，越说越远，甚至还不如不说的懊悔和失望。

其实，我们每个人都有自己的想法和观点，既然是"自己的"，那么就很难真正让别人彻彻底底地去了解你的所感所想。

有时，我们非常强势地想要去说服他人，或者很急切地想要表达自己，其实都没有太大意义。因为最终你会发现，语言它并不是万能的。每个人都是仅仅站在自己语言的世界中，去试图阐述自己的人生价值观，所以你说了不一定可以得到他人的认可，甚至你说的也不一定对，所以更多时刻，适度地保持沉默，反而是礼待他人，也是尊重自己的体现。

这几年，我在不知不觉中，开始慢慢减少用语言去阐述自我的欲望，我也很少去跟人讲，我自己的一些非常个人化的感想和体会。

其实这并非故作深沉，或者是在故意隐藏自己，恰恰是当一个人越深入地了解自己，反而越不需要过度地去表达自己。

甚至我常常会在想要去向他人表达一个观点时，更多地去思考这对他人来说，有没有任何价值和意义，或者有没有带有任何负面的情绪和压力。

如果有，那么我选择不说。如果没有，那么我也会选择慎重地去说，乃至尽量不去说不恰当的话。

在生活中，保持沉默并不是一件容易事。因为它需要你有足够深厚的内在功力，可以洞察到自己本身可能也是错误的源头，也需要你有足够开阔的胸襟，去耐心倾听和接纳他人的观点和意见。更需要你有相当的定力，去管住自己想要炫耀和证明自己的虚荣和浮躁。

当然，这并非绝对地说人就应该彻底放弃诸如文字、语言和其他的表达方式，甚至去放弃自己应该有的发言权。而是在今天这个时代，我们反而要学会体悟沉默的内里所具备的多言所没有的智慧和真相。

清风明月俱在

1

在平凡的生活中，大多数人都会有烦恼。或苦于物质上的压力，或苦于精神上的荒芜，又或者陷入得失成败的纠结和痛苦之中。

其实，我们人人身处其中，既是局外人，也是当事人。既是旁观者，也是亲历者。当我们嘲笑和讽刺他人的愚痴和执着时，本质上我们自己也在其中流转、徘徊和循环。

也许当你站在看客的角度，会觉得他人实在有太多想不通、看不清、悟不透的地方。

但如果再换一个角度，你所想不通、看不清、悟不透的东西，或许又恰恰是他人最清醒、最淡定，也是最悠然自得的地方。

2

所谓的烦恼常常是因为，我们自己的道力不够深，格局不够大，见识不远，所以才会被蒙蔽其中，无法自拔。

有许多过不去的烦恼，你之所以过去了，是因为它已经不再是可以扰乱到你的人和事。

有许多忘不掉的烦恼,你之所以忘掉了,是因为它在你的心目中已经变得不那么重要。

甚至有许多莫须有的担心和顾虑,它也会随着时间和岁月的不断淘洗和冲刷,渐渐被融化和消解。

所以从这个层面来看,你不必对人生感到失望,因为许多坎和难,你当时或许会以为跨不过,挺不过来。但总有一天,它会从中彻底抽离出来,只要你有足够多的耐心和韧性,就可以穿透层层迷雾,翻过重重高山,最终抵达彼岸看见光。

3

当一个人在情绪低落时,他的眼里看见的,全是那些不如意的人、不顺遂的事,以及那些不那么美好的经历和遭遇。

其实,世界始终没有变过,它一直呈现出本来的镜相。只是当你把自己的心封闭起来时,你看到、听到和感知到的,就只是自己执念的那一部分东西。

古时候,有一对兄弟,哥哥在家务农,弟弟在外做生意。这天,弟弟生意受挫,回到家中。连续有好多天,弟弟独坐房内郁闷不语。哥哥看着并不规劝,也不责备,他只是挑选了一个风和日丽的日子,带着弟弟走出家门,来到人烟罕至的山上。门外则一片大好的春光,放眼望去,天地之间弥漫着清新的空气,半绿的草芽,斜飞的小鸟,徐徐流动的小河……

弟弟深深地吸了一口气,偷看了一眼哥哥,却发现哥哥正安静地坐在沙坡上，不言亦不语。

弟弟有些纳闷，他并不知道哥哥的葫芦里究竟卖的是什么药，过了一上午，哥哥才带着弟弟起身回到家中。

还没进家门，哥哥突然跨前一步，轻掩两扇木门，把弟弟关在门外。弟弟不明白哥哥的意思，只是独坐于门前纳闷不语。很快天色就暗了下来，雾气笼罩了四周的山冈、树林、小溪，连鸟语和水声，也变得不明朗起来。

这时哥哥在门的里头叫弟弟的名字。

哥哥问："外边怎么样？"

"全黑了。"

"还有什么吗？"

"什么也没有了。"

"不。"哥哥说，"外边清风、绿野、花草、小溪，一切都在。"

弟弟猛然醒悟，顿时明白了哥哥的苦心。

其实，生命当中的明月清风，时时刻刻都在你身边，无论是在你开心时，还是不开心时，是在你得志时，还是失意时。但只有当你跳出自己思维的墙，翻过自己观念的框，才能看见和拥抱更大的天地和世界。

4

许多时刻，当我们感到烦恼时，总会有人告诉你，想开了，想通了，想明白了，就好了。其实，烦恼它就是自生自灭的产物。别人帮你卸不下来，因为它长在你自己身上。别人也帮你承担不来，因为它原本也没有重量。甚至你也无法走捷径，因为修行犹如与人说食，终不能饱。绝知此事，还是需要你自己去躬行、去领悟、去参透。

有些苦，你自己不去吃，你就不知道，原来在这个世上，还有比吃进苦水更苦的滋味。

有些累，你自己不去受，你就不知道，原来在这个世上，还有比体力之累更累的感受。

有些难，你自己不去熬，你就不知道，原来在这个世上，还有比跋山涉水和行路蹚河更难的事。

从更严格的意义上讲，烦恼它大抵都是你"想"来的，但它的离开，却又不是你"想"走的。

因为一个"想"字，往小处看，它单指的是一个人的心态。往大处着眼，它是一个人格局、见识和境界的综合体现。

人生的许多至暗时刻，其实你光靠想是没有用的，有些人和事，你只有自己经历了，也才能真正放下、看开。

5

一个人想要做到无忧无恼，是一件很难的事，因为我们总会被这世上太多的变数所蛊惑。

我们的心之所以会有诸如悲伤、失望和痛苦的情绪，是因为我们太容易受到世间万象的左右和影响。

比如，一个人爱你时，你会感到幸福。不爱你了，你就会有痛苦。一件事做成时，你会感到快乐。做不成时，你会感到绝望。

对心思更细腻和敏感的人而言，一朵花的凋谢，一片叶子的飘零，乃至四季的变换，都会让他们发出物是人非、时过境迁的感叹和怀念。而在这个世上，一切人、事、物都在一个根本的、不变的、永恒的规律之中，不断在进行更替和轮转。

你如果试图去抓住生命当中那些"变"的东西，显然是不合理，不可能，也是徒劳无用的。但如果你试图去寻找到，生命当中那些"不变"的道理，你就能放下许多的执着，也会活得更加淡定和从容。

在《楞严经》中，有一段对话。

佛在对众比丘和弟子说法时提到："一切众生所以不能成就菩提及证得阿罗汉果，都是由于妙明真心为'客尘'覆盖所误。"

其中一个弟子憍陈如站起来说："我现在作为长老，在大众中独得'解本际'之名，是因为悟了'客尘'二字而证得圣果。譬如路上行客，投宿旅舍，或食或宿，食宿完毕，又整装前行，不会常住下来；若是旅舍的主人，自然不会行住他方。我这样思考，不能常住的称为客人，能够常住的称为主人，因此凡是不能常住的就称为'客'的含义。又如雨后初晴，太阳照耀天空，阳光照入缝隙中，可以看到虚空中尘埃飞扬的景象，微尘摇动不停，而虚空则寂然不动。我这样想，澄明寂静的称为虚空，摇动不止的称为微尘，因此凡是摇动不止的就称为'尘'的含义。"

佛听完后，赞许他说："是的。"

举个简单的例子。

一个人来到这个世界,什么也带不来,一个人离开这个世界,也什么也带不走。这是绝对变不了的事实,它就是"客"。

人的一生中,所感受到的喜怒哀乐,所获得的功名利禄,所经历的荣辱得失,它是随时可变的幻相,它就是"尘"。

而我们的烦恼,就是常常在尘土中迷失自己,而忘了从客观中去认识、理解和识见到必然的道理和规律。

逢人话三分，
不可全抛心

有这样一则故事。

战国时候，范雎见秦昭王。可第一次、第二次见面的时候，范雎都不说话，这让推荐他去见昭王的人觉得很难堪。范雎却说，他的建议可以让秦国很快强大起来，并能在诸侯中称霸。

但是，秦昭王显得心不在焉，不能专心，所以他不能跟昭王讲什么。

推荐的人听范雎这样说了以后，就跑去跟秦昭王说明原因。

到了第三次见范雎时，秦昭王就推掉了所有的公事，并叫所有侍从都下去，单独和范雎见面，客气地向他请教。

范雎见时机成熟，且隔墙无人，才一吐真言。

《论语》里有言："不可与言而与之言，失言。"

所以说话需谨慎，**切不可交浅言深，不可轻言妄语**。

01

逢人且说三分话，不可全抛一片心

唐朝武周年间，有个诗人叫宋之问，为了媚附权贵，他巴结武则天面前的红人张易之。后来发生神龙政变李显复位，宋之问因依附错了对象，被贬为泷洲参军。

他难忍泷洲的艰苦，秘密逃返洛阳，当时他的朋友张仲之出于好心，收留了他。张仲之拿宋之问当自己人，于是对他无话不说，甚至把自己秘密除掉武三思的计划，也和盘托出。谁知此时的宋之问听了此番话以后，不仅没有帮朋友保守秘密，甚至还打了小算盘，私下派侄儿去告发他。

可怜的张仲之识人不善，因为多言，毁了自己，也株连了全家。

古语有言："逢人且说三分话，不可全抛一片心。"

在现实生活中，有太多人因为说了太多不该说的话，泄露了太多不该泄露的秘密，然后让自己陷入困境。

你并不知，有时你的无心之言，却被别人当作有意之图。

有时你把对方当朋友，别人未必把你当知己。
你信任别人的人品，别人未必值得你信任。
人也要经过时间和岁月的考验，才能去交心和畅言。

02
画人画虎难画皮,知人知面不知心

不知你是否有这样的体会:

有时你掏心掏肺地对待一个人,但最终出卖你的,恰恰就是你曾无比信任的人。

有时你真心实意对待一个人,但最终绊倒你的,恰恰就是你曾情同手足的人。

有时你披肝沥胆对待一个人,但最终背叛你的,恰恰就是你曾视为知己好友的人。

北宋诗人苏轼,曾因为得罪王安石,而被贬杭州任通判。

当时他的好朋友沈括是一名监察御史。有一次,他被派往杭州巡视水利,临行前皇帝宋神宗特别交代沈括,一定要顺路去看望被贬的苏轼。当时宋神宗以为这两人是好朋友,所以在沈括面前,流露出了自己对苏轼的欣赏。但这句话却引起了沈括的嫉妒,在他看来,自己是一个堂堂翰林学士,官至三品,为什么要去看望一个被贬的小官员呢。但当着皇帝的面,他并未露出任何不满,而是应承了下来。

后来当他去到杭州,见到了苏轼。苏轼以为沈括是个值得信赖的人,也从未怀疑过他的真心,于是奉上了自己写下的诗作给沈括看。

沈括假意叙旧,然后把他的新作抄录下来,最终通过牵强的"注释"陷害苏轼反对改革、讽刺圣上、诽谤新政等。

顿时龙颜大怒,于是苏轼招来了牢狱之灾,也险些丧命。

有一句古话说:"画人画虎难画皮,知人知面不知心。"

在与人交往时，要多留一分神，多留一分心，切不可一味地信任他人。

毕竟，**人心隔肚皮，内外两不知。**

一旦你看错了人，交错了友，最终只会让自己跌入深渊，陷入险境。

03

害人之心不可有，防人之心不可无

这个社会，鱼龙混杂，泥沙俱下。

有时我们并没有火眼金睛，可以判断出哪些是好人，哪些是坏人。

有时我们也并非明察秋毫，可以从细枝末节处，看清一个人的人品。

甚至有时，我们也并非高瞻远瞩，可以看出每个人藏着的歹心和恶意。

有一句话说：害人之心不可有，防人之心不可无。

当我们分不清良莠，辨不了敌友，断不了虚实时，一定要有所防守，有所戒备，有所警惕。

尤其在职场上，人与人之间，并没有永远的朋友。名利的纷争和诱惑，会给你招来许多明枪暗箭，尔虞我诈和钩心斗角。不要说对人说抱怨的话，以便被人小题大做。你的想法、计划和打算，也不要轻易地告诉任何人。

为人处世一定要真诚，但也要有所防备。心眼这东西，多了不行，少了不可。

心眼太多，没人靠近；但没有心眼，就会招来祸患。

4

　　人活在这个世上，会遇见君子，也会遇见小人。有时我们很难去辨别其中的真伪、曲直和好坏。

　　有几句话说："花枝叶下犹藏刺，人心怎保不怀毒。世间海水知深浅，唯有人心难忖量。"

　　为了明哲保身，也为了不被欺骗和背叛，一定要谨言慎行，切不可疏忽大意。

　　不要对任何人都推心置腹，不要随便就畅所欲言。

　　切记：**话不说尽，事不做绝，人不信全。**

　　与朋友们共勉。

《心灵奇旅》：
人到中年，要明白这三个生活真相

在 2020 年底，上映了一部票房不高，但口碑极高的迪士尼动画片《心灵奇旅》。众多网友评价导演皮克斯又提前锁定了明年的奥斯卡。美国前总统奥巴马把它列入当年影单里唯一看过的动画片。在影院排片严重不足时，它获得豆瓣等各大平台 9.3 分以上的好评。

这部电影讲的是一个中年男子 Gardner（高纳），在一所中学当兼职音乐老师，虽然他后来转正但也并不开心，因为他的梦想是当一个爵士乐手。后来，他得到一个演出的机会时，却因意外遗憾离开人世。他在天国，用自己的灵魂偷跑回人间，开始反思自己曾经走过的这一生。

就像每一个平凡的你我，没有超人附体，没有金刚护身，也没有九条不死之命。

有的大抵只是不想面对的无奈、无法预知的意外，以及逃避不了的死亡。

我们的人生无法重来，但也许可以通过它，了解以下三条生活真相。

1
把活着的每一天，当作生命中最后一天

在电影刚开始，当 Gardner 去酒吧面试，终于得到爵士演出的机会时，他兴奋地奔跑在大街上。就在他以为自己的梦想可以实现，终于可以摆脱不喜欢的工作，终于可以向所有人证明自己时，却因一个不小心掉进了井里，当他的身体通向"天国"的通道时，他感到极度恐惧。他嘴里一边大喊着不要，一边用力往回跑，但这是一条向死而生的单行道，根本回不去。

许多时刻，我们总以为来日方长，其实人生充满了未知的惊喜，也同时充满了未知的意外。

有时想想，如果今天就是你生命中最后一天，你又会有怎样的遗憾和未了的心愿？

有一家杂志曾对全国 60 岁以上的老人进行了这样一次问卷调查：你人生最后悔的事是什么？

最终得出的结果有很多，比如：

92% 的人后悔年轻时努力不够导致一事无成。

73% 的人后悔在年轻的时候选错了职业。

62% 的人后悔对子女教育不当。

57% 的人后悔没有好好珍惜自己的伴侣。

45% 的人后悔没有善待自己的身体。

…………

其实，这世上的遗憾，远不止这些，但更令人遗憾的是，许多人已经失去了去实现它的机会和可能。也许电影中的 Gardner，他可以凭借自己的"灵魂"重返人生，去实现自己未完成的爵士演出梦。

但你我这样的普通人，活着的每一天，都是生命的倒计时。

那些见不到的人，就真的见不到了，那些做不成的事，就真的做不成了。那些还未经历的人生，就真的不会再经历了。

所以，不要虚度时光，把每一天当作生命中的最后一天，如此，当我们走到生命的尽头时，或许才会少许多不甘和遗憾。

2

努力活着，就是人生最大的意义

在《人生七年》中有一句话："在大概率下，这世上有 80% 的人，终将活得平凡。"

我们常常以为所谓人生的价值和意义，就是实现梦想，获得成功，过上荣华富贵的日子和生活。
其实，只有努力地活着，不悲观，不绝望，不放弃，才是人生当中，最平凡也是最伟大的意义。

在影片的中段，Gardner 去理发，在聊天的过程中，他才知道原来这个理发师，曾经年轻时的梦想是当一名兽医。因为当时他女儿生病了，需要很贵的医药费，而当兽医的培训费比当理发师的贵，于是他不得已选择了当理发师。

当 Gardner 对理发师的遭遇表示同情时，理发师却淡然地说："我也许无法像真正的医生一样治病救人，但我手里的剪刀，也救了很多人的命，就像帮你准备生命中这次最重要的演出。"

其实，并不是每个人的梦想，都有实现的机会。

如果事与愿违，那么认真对待哪怕是当初不得已做的工作，又何尝不是人生中另一个重要的意义。

作家周国平曾说过一段话："人世间的一切不平凡，最后都要回归平凡，都要用平凡生活来衡量其价值。伟大、精彩、成功都不算什么，只有把平凡生活真正过好，人生才是圆满。"

在一部名为《生活万岁》的纪录片中，记录了许多平凡人的真实生活状态。有年过七旬，还为了生计在拉萨蹬三轮的"老车夫"，有为了帮儿子圆足球梦在高楼擦玻璃挣钱的"蜘蛛人"，也有为了养病重父母穿梭在深更半夜街头的"外卖小哥"。

也许他们在世俗意义上，都不算强者，都不算成功，甚至被称为社会的最底层——

但在更广阔的人生意义上，每一个负重前行，每一个咬牙坚持，乃至每一个努力挣扎的日子，都闪着最明亮和耀眼的光。

3
比名和利，更重要的是当下的生活

在影片的结尾，当 Gardner 在酒吧完成了精彩的爵士演出后，虽然他终于得到了掌声，赢得了认可，实现了自己的梦想，但在那一刻，他并没有感到特别幸福，反而有些失落。

他对着另一个演出老师说："为这一天我等了一辈子，我以为我会有所不同。"

演出老师跟他讲了一条鱼的故事。

一条小鱼游到一条老鱼旁边说："我要找到他们称为海洋的东西。"

"海洋？"老鱼问，"你现在就在海洋里啊。"

"这儿？"小鱼说，"这儿是水，我想要的是海洋。"

当 Gardner 听了以后，若有所思，当他一个人回到家中，坐在钢琴前面时，他才突然悟到，原来人应该有梦想，但绝不能只为了梦想，失去当下细碎且真实的生活。因为，他在饥饿时，吃下的每一块比萨，都是那么地满足，在匆忙走路时，望向的每一片天空和落叶，都是那么地美，在终于跟母亲敞开心扉获得理解时，都是那么地幸福。

其实，在现实生活中，许多人所追逐的并不是真正的梦想，不过是想要虚名和浮利。于是为了达到这个功利的目标，他们近乎盲目地放弃了生活，放弃了周遭的一切，乃至放弃了人与人之间最基本的关心和温情。但当他们悔悟时，或许已经为时已晚，或许已经无法弥补。

曾经复旦大学的患癌教师于娟，在《此生未完成》中写了这么一段话："在生死临界点时，你会发现，任何的加班，给自己太多的压力，买房买车的需求，这些都是浮云，如果有时间，好好陪陪你的孩子，把买车的钱给父母亲买双鞋子，不要拼命去换大房子，和相爱的人在一起，蜗居也温暖。"

人这一生，生不带来什么，死也带不走什么，名和利都不过是过眼云烟，唯有眼前的生活，给了我们最珍贵的爱和感动。

4

在《心灵奇旅》的结尾，有一句最简单的台词：我会享受，活在当下的每一分钟。

也许年轻时，我们并无深刻的体会。

当我们像电影中的 Gardner 一样，人到中年，你慢慢就会发现，生活才是我们真正的修道场。

所以，把每一天，当作最后一天过，无论今天有多难，都要努力地去活，无论名和利再好，都不及当下和眼前。

与朋友们共勉。

PART 5

那些无用的功利时光

也许我们应该学会的是,在不同的角色和人物中,去发现和挖掘出闪耀在人性深处,那些最耀眼的光芒。它包括善良,包括情义,也包括慈悲心。

在读书中，寻找人生的答案

1

总有人问我说，为什么那么喜欢读书？

通常我会发自内心地回答：读书使我感到自由和放松。而且这样的放松和自由，是只在书里才可以寻找到的，任何太过热闹的社交，都让我有些无所适从，甚至感到厌倦。所以我时常宁愿一个人关在家里看书，也极少走亲访友，过上了在别人眼里看似枯燥乏味的苦行僧般的生活。但于我自己而言，这却是让我十分舒服和惬意的独处时光。但究竟何为自由，何为放松，曾经我无法将它们表达清楚。

直到有一次，我在无意中，看到了杨绛先生所写的一篇文章，原文写道："我觉得读书好比串门儿——'隐身'的串门儿。要参见钦佩的老师或拜谒有名的学者，不必事前打招呼求见，也不怕搅扰主人。翻开书面就闯进大门，翻过几页就升堂入室；而且可以经常去，时刻去，如果不得要领，还可以不辞而别，或者干脆另找高明，和他对质。

"不问我们要拜见的主人住在国内国外，不问他属于现代古代，不问他什么专业，不问他讲正经大道理或是聊天说笑，都可以挨近前去听个足够。

"我们可以恭恭敬敬旁听孔门弟子追述夫子的遗言;可以在苏格拉底临刑前守在他身边,听他和一位朋友谈话;也可以对斯多葛派伊匹克悌忒斯的金玉良言产生怀疑。

"我们可以倾听前朝列代的种种遗闻逸事,也可以领教当代最奥妙的创新理论或有意惊人的故作高论。反正只要话不投机或言不入耳,不妨及早抽身退场,甚至砰一下推上大门——就是说,啪地合上书面——谁也不会嗔怪。这是书以外的世界里难得的自由!"

当时读到这几段,我瞬间有一种被理解的感动。那一刻,我突然明白,原来,我之所以愿意蜗居在书籍里,逃离人群,大概就是因为,在这里,我可以脱掉世俗捆绑在我身上的枷锁。我可以不用顾左右而言他,也不必强迫自己去见不想见的人,去说不想说的话,甚至那些虚伪的寒暄和客套,也都通通省了。

我在书中,可以与无数良师益友对话,我可以来去自由,也可以在读书的过程中,保持沉默,然后静静地去思考、去领悟、去反省,而无须被打扰,无须去妥协,更省却了一系列的繁文缛节,不用跟谁套近乎,也不用维护所谓的人际关系,更可以把想要说的话,想要表达的观点,放在心里,而不必让全世界知道。

其实也如作家周国平所说:"我天性不宜交际。在多数场合,我不是觉得对方乏味,就是害怕对方觉得我乏味。可是我既不愿忍受对方的乏味,也不愿费劲使自己显得有趣,那都太累了。我独处时最轻松,因为我不觉得自己乏味,即使乏味,也自己承受,不累及他人,无须感到不安。"

对我来说，在独处的时光中，选择默默地看书，是我对别人的尊重，也是对自己的保护。在书籍的海洋里，我活得最像我自己，这就是我所谓的自由。

2

有很长一段时间，我都处在焦虑中，不知如何开始我的小说创作。因为于大部分作家的共性而言，他们要么是记忆力好，要么就是想象力丰富，再者就是人生阅历足够饱满。

但我仿佛根本与此不沾边。不得不说，人在找不到自信的时候，其实是会很迷茫的，这个时候，他最需要的就是从别人身上，找到一些安慰和鼓励。

直到后来，我在四川省图书馆借了一本叫作《我的写作生涯》的书，是著名作家巴金所发表文章的合集。里面有三段话，让我印象深刻。

屠格涅夫写小说喜欢用第一人称，可能是他知道得太多，所以喜欢这种简单、朴素的写法。普希金一定也是这样。鲁迅先生更不用说了。他那篇《孔乙己》写得多么好！不过两千几百字。还有《故乡》和《祝福》，都是用第一人称写的。然而我学会用这种写法，恰恰因为我知道得太少，我没法写出我自己所不知道的生活，我把我知道的那一点点东西全讲出来，有何不可。

我并不是一个冷静的作者，我也没法创造精心结构的艺术品，我写小说不论长短，都是在讲自己想说的话，倾吐自己的感情。人在年轻的时候感情丰富，不知节制，一拿起笔来要说尽才肯放下，所以我不断地声明我不是艺术家，也不想做艺术家，这倒是我的真话。

我缺乏写自己所不熟悉的生活的本领，解放后我想歌颂新的时代，写新人新事，我想熟悉新的生活，自己也作了一些努力。但是努力不够，经常浮在面上，也谈不上好作品。前年暑假前复旦大学中文系，有一些外国留学生找我去参加座谈会。有人就问我，为什么不写你自己熟悉的生活？我回答，问题就在于我想写新的人。结果由于自己不能充分做到深入与熟悉，虽然有真挚的感情，也只能写些短短的散文。我现在准备写的长篇就是关于十多年来像我这样的知识分子的遭遇。我熟悉这种生活，用不着再去深入，我只从侧面写，用不着去调查研究。

看了巴金先生关于写作的这几段真心话以后，我突然感到豁然开朗，原来真正的作家，并没有所谓严格的条条框框，写不出大世纪的小说，那我就写我所熟知的小说就好了。无法构架经典的小说结构，那我就把我的真情实感表达出来好了。毕竟，苔花如米小，也可以学牡丹开。

许多时刻，我们读书的目的，其实就是在书籍的海洋中，去慢慢发现你心中想要找寻的答案，而再也没有比在书中找到类似的困惑、解决的办法和产生共鸣的感觉，更让人感到兴奋，也更能帮你走出困惑。

有时候读书,其实更像是一种内心重塑的过程,它会在无形中带给你力量、勇气和信心。而这些好处,如果你不去读书,单靠自己的力量,一个人去摸索和思考,不仅容易走弯路,更不容易找对路。

我们常说,读书是成本最低的投资,其实就是这个道理。

3

曾在一个作家的笔记里,看过他讲的这样一则故事。

一八七三年一个春天的夜晚,列夫·托尔斯泰走进他大儿子谢尔盖的屋子里。谢尔盖正在读普希金的《别尔金小说集》给他的老姑母听。托尔斯泰拿起这本书,随便翻了一下,他翻到后面某一章的第一句:"在节日的前夕客人们开始到了。"

他听了以后,大声说:"真好。就应该这样开头。别的人开头一定要描写客人如何,屋子如何,可是他马上就跳到动作上面去了。"

托尔斯泰立刻走进书房,坐下来写了《安娜·卡列尼娜》的头一句:"奥布朗斯基家里一切都乱了。"

而我们今天读到的《安娜·卡列尼娜》却是以另外一句为开头:"幸福的家庭都是相似的;不幸的家庭各有各的不幸。"这是作者后来加上去的。

托尔斯泰在前一年就想到了这部小说的内容。一位叫作"安娜"的太太，因为跟她同居的男人爱上了他们的保姆，就躺在铁轨上自杀了。托尔斯泰当时了解了详细情形，他想好了小说的情节，却不知道应当怎样开头。写了《战争与和平》的大作家要写第二部长篇小说，居然不知道怎样开头！

人们常常谈到托尔斯泰的这个小故事。一九五五年逝世的德国大作家托尔斯曼有一次也提到"这个极动人的小故事"，他这样解释道："他不停地在屋子里徘徊，寻找向导，不知道应当怎样开头。普希金教会了他，传统教会了他。"

这个片段，我一直记在自己的笔记本上。它给了我莫大的鼓励，因为我终于知道，原来即便是大作家，也会在写作上遇到莫大的困难和挑战，甚至在看似很简单的开头句上，也会犯难。

每当我在写作路上遇上瓶颈时，它就会告诉我，其实这个世上并没有所谓的文学奇才，也没有所谓的信手拈来。一切都要靠不断地学习，积累和锤炼，才能有所收获。

而所谓的灵感，并不是从天而降的好运，而是要你不断打磨，要专注于此，这样你才可以从平凡的生活中，找到你想要的线索和突破。

记得作家陈忠实曾讲过，他的写作，其实是从看了赵树理写的一篇叫作《王婆卖瓜》的文章开始的。因为他虽然有想成为作家的梦想，但一直都不知如何开始。直到看了这篇文章，他顿时开悟了。

首先，他觉得这个故事并不离奇，在他的生活中随处都是，甚至还有比这更精彩的。其次,这篇文章的语言文字,也并不复杂,若让他写,其实他也可以写出来。

当然,我们不否认陈忠实是很有才华的,也为我们留下了中国近三十年来最好的纯文学小说之一《白鹿原》,但反过来想,若当初没有这篇《王婆卖瓜》的鼓舞,他大概也没有写作的机缘。

有时,我们读书,其实更像是在书中,寻找一位好老师,他帮助你解疑答惑,给你指引方向,为你点亮希望……

还有什么是比读书更有益于你的良师益友呢?

读书,更多时刻,就像是向我们的前辈取经,并且你读的好书越多,你求教的"师父"越多,无论是思维、格局还是眼界,都会有不同程度的提升。这些无形中的熏染,看似无用,实则却能帮助你解决,在实际生活中所遇到的问题和麻烦。

大多数时刻,我们的烦恼,都如杨绛先生所说,读书不多,想太多。

读书，就是回来做自己

1

清晨早起，东方泛白，初秋的天空，从黑夜的笼罩中逐渐苏醒过来，四周一片寂静，静到可以清晰地听到泥土和树枝中，传来一阵阵连绵不断的蝉鸣鸟叫声。

走进书房，坐了下来，在一桌子堆叠起来的书中，翻开褶皱，开始一本本，一页页，一行行地阅读。其实，当我走进书的世界，就仿佛走进了给自己建造的花园和古堡。

在这里，繁花满径，树木繁密，枝影斑驳，阳光温柔。我一个人在其中自由自在地穿梭漫步，我如实地面对和接纳我自己，也坦诚地抒发和表达我自己。

我喜欢这样安静的环境，犹如我喜欢安静的自己。彼时，心中一片寂静，没有悲喜，没有苦乐，一种平静的饱满，缓缓升起，慢慢围绕在我周围。

它就像一层薄薄的雾，将我隔绝在尘世的喧嚣和繁华外，让我可以像一只迷失的小鹿，终于找到属于自己的那片森林，回归到属于自己的天地光阴中去。

想起智利诗人聂鲁达写的那一句:"我喜欢你是寂静的,仿佛你消失了一样。你犹如黑夜,拥有沉默和群星。"

2

晌午时分,在书房读得有些累了,于是蜷伏起来,将双腿盘坐在凳子上,抑或背靠在左边一侧,将双脚自然垂落在右侧的手把上,张开双手,伸个懒腰。

书桌右侧处有一个印有藏青色喜字的禅意瓷瓶,里面随意插有两三枝绿萝,叶片薄软,脉络对称且规整,在这一小束浓绿中,我只要一抬头,就可以让自己从茫茫书海中,暂时抽离出来。

有时,热烈的阳光透过白色的纱帘,散散淡淡地落在有纹路的地板上,微风轻轻拂过,吹起底部的花边褶脚。这一刻,仿佛时间停了下来,也静了下来,甚至凝固了起来,一股对岁月静好的感动,随之涌上心头。

如果此刻的我走进了庙宇梵殿,在沉稳厚重的敲钟声和转动的经筒声中,我大概是不会有什么心愿可许,也没什么遗憾非要去弥补,我为可以好好活着的每一刻,感到丰沛和自足。

想起庄子曾说过一句话:"奢欲深者,天机浅也。"

其实人只有在平静的内心世界中，才能消减过多的欲望和贪念，也才能在平凡琐碎的日常中，删繁就简，绘事后素，最终诚诚恳恳地回来做自己。

许多时刻，我们总在追求超出我们本身足够拥有的那一部分东西。其实人在方寸的每一步、每一足的距离中，也藏着无尽和无限。时间在每一秒每一分的刻度中，也藏着古今和桑田。

3

傍晚来临，暮色渐沉，一整天，就这样在无声无息中，又静悄悄地溜走了。有时，时间就像一条潜鱼，它们从你眼前不经意地闪过、划过、游过，任你怎么抓也抓不住。

此时的我，依旧坐在书房，手里拿着一本厚厚的书，但眺望窗外，若有所思般地想，这一天，我究竟学到了什么，又写下了什么，抑或留下些什么。

慢慢地我会发现，即便在密密麻麻的每一天，我看似在扎扎实实地劳作和耕耘，但其实到最后，我最大的收获，不是所谓的功成名就，而是它带我远离功利和目的，让我回归到心底的善意，内心的审美，以及回到遥远的诗和远方中去。

其实，在这个世上，越珍贵的东西，越无法用世俗的定义去衡量，可以用具体的尺子去度量的，大抵又不那么珍贵。

我们需要读书，就如我们需要空气一般，必不可缺。一个人不读书会活得很干瘪，就如我们不呼吸，就会窒息。

我们需要平静，就如我们需要阳光一般，免费且昂贵。一个人如果内心没有被照亮，被填满，就会活得躁动不安。

我们需要反刍，就像我们需要清水一般，只有不断地去洗涤和净化自我的行为和动机，才能变得愈加纯粹和澄明。

我很少去问自己，做一件喜欢的事，它的意义是什么。我也很少去问自己，这样的付出，是否值得。

在无数个寂静如常的清晨、中午和傍晚，我在文字的海洋，随意徜徉，肆意奔跑，看似徒劳，却又那么富足。

4

或许，每个人都有自己生活的方式和节奏。但在我这里，看书就等于回家，回到心里的家，回到可以安顿和照顾好自己的那个房子和家。

每一天无论在外经历怎样的奔波和忙碌，只要回到家拿起书，在翻开书页的那一刻，我就像个光着脚丫的孩子，在沙滩上兴奋地寻找螃蟹和宝藏。

书房里的每一本书，几乎都是我反复挑选且看过的，我不太会去买一本自己不那么喜欢也不那么想去读的书。

在我看来，书就跟人一样，你要对它非常中意，它才会顺你心意，且你要对它有足够的耐心，它才还给你真心。

我常常要在极度渴望读一本书时才会去买来看,就跟我们只有在很想见到一个人时,才不会管路遥马急,也要翻山越岭,不顾一切去寻找他。而喜欢重读一本书,又如我们跟一个人相识多年,但即便你们之间已经隔着山高水阔,但只要你想念他,只要随时打开书,就可以相顾无言,见字如面。

我把自己人生当中,大多数的闲暇时光,几乎都留在了一本又一本的书中,无论我偶尔或随意翻开哪一本,它上面都留有独属于我的印记和回忆。同时,书也从不曾辜负我,我给它全部的诚意,它都原原本本地还给了我,甚至给予我更多。我总在想,在这个世上,大概书籍可以媲美和代替生命当中最好的伙伴和朋友。

它们就这样日复一日地在我身旁,不厌其烦地倾听我,始终如一地陪伴我,不惧苦和累也带着我,穿过漆黑的夜,走过泥泞的街,蹚过湍急的河,让我更加相信,也更加坚定地去寻找内心中的那一束皎洁的白月光,也更加执着和更加肯定地去抵达心中的圣地。

我常常觉得,只要有书在,无论再难的日子,都泛着光,镀着金,那种与书为伴,仿若如释重负的轻松,仿若与全世界相拥的满足,是毕生都无法割舍,也割舍不了的稀世珍宝。

我很喜欢如今这样浅浅淡淡的生活,它们让我不必挖空心思、消耗精力,去争取那些我其实并不需要的东西,也让我们不必汲汲营营去追求,那些原本不适合和不属于我的东西。我只是越来越多地做到了回归内心,回归自己,回到那一片我想要生长的高山大海中去,安安静静地去蛰伏和包藏。

有时，我觉得自己就像一头孤独的荒原狼，在漫山遍野的时间和书籍的荒地，寻找属于自己的疆域和领地，在那里无人可侵，无人可扰，我可以自由自在地活得朴素和天真。

我们都是《局外人》

1

三年前，当我初看加缪的《局外人》时，被开头的第一段震惊了。

"今天，妈妈死了。也许是在昨天，我搞不清。我收到养老院的一封电报：'令堂去世。明天葬礼，特致慰唁。'它说得不清楚。也许是昨天死的。"

大概许多读者会跟我有相似的疑问，一个人的妈妈死了，但他居然记不住妈妈是多久前死的？甚至在这段话里，我们看不到在伦理道德中子女对母亲那种依依不舍的爱，也看不到对失去母亲那种伤心欲绝的痛。我们仅仅看到了，一个当事人以一种旁观者的口吻，在诉说着自己失去母亲这样一件再普通寻常不过的小事。

但不得不承认的是，这样的开头，彻底激起了我的好奇心，让我有强烈的兴趣，想要继续读下去。

好的作品，大概就是这样吧。从开篇就收摄住你的心，这看似是一种苦思冥想的技巧，其实是一种难以捕捉和模仿的天赋和才华。

比如，在列夫·托尔斯泰的《安娜·卡列尼娜》里写道："幸福的家庭都是相似的，不幸的家庭各有各的不幸。"

比如，狄更斯的《双城记》里写道："这是最好的时代，也是最坏的时代。这是智慧的时代，也是愚昧的时代。"

比如，杜拉斯的《情人》里写道："我已经老了。有一天，一个男人主动向我走来，介绍自己，那是在一处公共场所的大厅里。他对我说：'我认识你，永远都不会忘记。那时你很年轻，大家都说你美丽极了，现在我特意来告诉你，在我看来，现在的你比年轻时更美，你现在这张备受摧残的面容比年轻时娇嫩的面孔更让我热爱。'"

其实，越好的小说，早在开篇的第一段话，就已经凝练地表达了整本书所要传达的中心思想。大多数读者，原以为《局外人》这样的开始，仅仅是为了掩饰小说中主角默尔索的过度悲伤，或是从反面烘托他对这个噩耗感到难以接受的过度反应。但在后续的小说里，你却发现，默尔索不仅对他亲人的离世，表现得很冷静，对世俗热衷的功名利禄也极其淡泊，甚至也并不被感情所束缚和捆绑。

表面上，这是一个离经叛道的人，但本质上，他是一个活得最真实，最清醒，也最客观地去追求生命本真的人。

2

第一，对亲情的冷漠。

他在小说里提到，在母亲生前，他很少来探望住在养老院的母亲，因为来一次就得占用他的一个星期天，且不算公共汽车、买车票以及在路上走两个小时所费的气力。当母亲死后，他走到灵堂，工作人员两次问他，是否需要看一眼母亲，可他居然说不需要。在夜晚守灵时，他感到很困，想要舒舒服服地睡一觉，甚至还发出了咖啡牛奶的味道好极了的感慨。甚至在把妈妈的葬礼安排后的第二天，他依旧没有陷入悲伤中，而是想着跟女友玛丽在一起看滑稽电影，疯狂大笑，热烈地谈着你侬我侬的恋爱。

不得不说，这种行为放在现实社会中，完全跟"丧尽天良，泯灭人性，大逆不道"没什么区别。但在这本小说里，有一种特别的魔力是，直到看完这本书，你居然对默尔索这个人，恨不起来，也讨厌不起来，而是对其产生一种，不带任何偏见，不带任何主观意识，不带任何个人评判的理解。

其实，要让千万读者剔除偏见，剔除固有的思维模式，甚至打破根深蒂固的伦理道德，冷静地旁观这件事，需要相当的文字功底和个人的哲思功力。

对于为什么对母亲的死亡表现得如此"冷漠"，他在整本书里，只做了以下解释。

第一次，他在无意间杀了人被关入监狱时，律师问他关于母亲的事时，他说道："我有一个天性，就是我生理上的需要常常干扰我的感情。安葬妈妈的那天，我又疲劳又发困，因为我没有体会到当时所发生的事情的意义。我可以绝对肯定地说，我是不愿意妈妈死去的。"

第二次，是在小说的结尾，他被判死刑，将要被枪决时，发自内心地写道："很久以来，我第一次理解了妈妈，我似乎理解了她为什么要在晚年找一个未婚夫，为什么又玩起了重新开始的游戏。那边，那边一样，在一个生病凄然而逝的养老院的周围，夜晚就像一个令人伤感的间隙。如此接近死亡，妈妈一定感受到了解脱，任何人，任何人都没有权利哭她。"

在这个世上，有一种人，他们对存在着的一切，仿佛都表现得无动于衷，但他们不是没有人性，没有情感，没有眷恋，他们只是厌倦了在人情世故中去妥协，厌倦了世俗给人框定的各种道德规范，厌倦了人的虚情假意和矫揉造作。他们只是彻底地把自己放在社会的伦理体系之外，无论旁人接受也好，不接受也罢，他们只肯偏执地做自己。

其实，每个格格不入的人，在这本书里都或多或少地找到了自己的影子和灵魂深处的蛛丝马迹。

也许你反复告诉自己，这样做是不会被认同的，但你很难说服自己，不在心里对此表示些许的理解和强烈的感同身受。

你认可的不是他们对母亲去世时表现出的冷漠和无情，令你感到惊奇的是他们居然可以孤身一人，甘愿被世俗抛弃，甘愿与众生为敌，只为了去做那个不讨好、不掩饰、不弄虚作假，且看起来漏洞百出、狂妄自大、偏执绝望的自己而已。

3

第二，对功名的淡然。

在小说开头，当他提到母亲去世，要跟老板请两天假去养老院办丧事时，老板显得不那么情愿。

通常遇到类似的情况，普通人虽然心中有不快，觉得老板不近人情，但也不会将情绪表露出来，或者说更多人会为此耽误了工作，而对老板产生愧疚之情。但默尔索却对老板说：这并不是我的过错。老板并没有搭理他，事后他觉得自己本不必对老板说这么一句话，因为他觉得自己并没有什么需要请求老板原谅的，反而是老板应该向他表示慰问。

在他快速办完了母亲的葬礼，第二天睡醒后，才突然明白了为什么他去请假，老板却一直板着脸，因为当天是星期六，加上星期天，他就等于有了四天假期。反应过来后，他也并不觉得对老板有丝毫的亏欠。而是觉得，一者，妈妈的葬礼安排在昨天而不是今天，这并非我的过错。二者，不论怎么说，星期六与星期天总归我所有。即使是这个理，也并不妨碍我理解老板的心理。

也许许多读者看到这里，会本能地觉得默尔索是一个极其自私的人，因为他连母亲的死，也要跟自己撇得一干二净。再来，他仿佛对工作也没有太大的责任心，可以心安理得地顺便多休息了两天，并没有去考虑是否会影响到分内的事。

但如果你抛开伦理的干扰，单单就事论事，仿佛母亲的死，以及老板的不愉快，确实跟他沾不上一丝一毫的关系。

最后，当老板告诉他，计划在巴黎设一个办事处，负责市场业务，直接与那些大公司做生意，然后问他是否愿意改变改变生活时，他说道："人们永远也无法改变生活，什么样的生活都差不多，而我在这里的生活并不使我厌烦。"

当然老板觉得他答非所问，而且缺乏雄心斗志，但于他自己而言，这一切确实不那么重要。

也许在常人眼里，默尔索不过是一个小职员，每个月辛苦工作，过着刚好糊口，且并不富裕的生活。如果可以拥有一个升职加薪的机会，不仅求之不得，甚至为此满心欢喜。但对默尔索本人而言，他并不觉得这件事有太大的意义。严格说，他当下的生活，也没有因为钱多钱少，而受太大的影响，会有太大的不同。

而当时在写这本小说时，加缪还不到二十六岁，在金钱权势上，他却表现得如此克制和理性，甚至是无欲无求的状态，可以说是非常难得，也是极其智慧的。

大概许多读者看到这里，就能稍微理解他对母亲去世时所表现出的冷漠态度。因为从某种意义上来讲，他对现实利益的轻视，也正表明了他是一个彻头彻尾的大超脱之人。

在这个世上，有许多人只对"人"表示出自我性格里那些装模作样的冷淡，却很少有人可以摆脱和抵御"欲望"的诱惑，做个由内而外的洒脱主义者。

4

第三，对感情的超脱。

当默尔索办完母亲的丧礼以后，第二天去游泳，结果在浴场看见了玛丽，玛丽以前是和他同一个办公室的打字员。其实他早就对玛丽动了心，但不久她就离职了，于是这一次好不容易逮住机会，他就主动约玛丽晚上去看场电影。

当玛丽看见他系着黑领带，于是就问他是否在戴孝，他十分难过地说："妈妈死了。"玛丽继续问是什么时候，他答："就是昨天。"

当时玛丽被吓得往后一退，因为她很难想象，一个刚失去至亲的男人居然还有心情谈恋爱，但她也并没有多说什么。

有一次玛丽问默尔索是否愿意跟自己结婚。

默尔索说，结不结婚都行，如果玛丽想结，他们就结婚。

玛丽又问，如果换一个女人，默尔索会不会跟她结婚。

他居然很直白地告诉她，当然会。与其说他不会甜言蜜语，不如说他不想，也不必撒谎。

他可以做到很诚实地面对自己和别人，而这大概也是读者爱看这部小说的最大理由。

现实生活中，有太多人是因为到了年纪，或是为了某个具体的目的才选择和一个看似唯一，实则是刚好凑合的人结婚，却很少有人肯承认这个事实。

人往往很怕真实的东西，因为它常常反映每个人内心里晦涩的一面，而人又很靠近真实，毕竟那里，才是真正的你自己。

但人做到真实又是那么难，因为跟世俗生活中的道德和伦理相抗，是一件很危险，也是一件很孤独，很需要勇气的事。

虽然他也对玛丽动过真心，比如他在杀了人，被关进监狱后，他就常常想起玛丽。当玛丽到了监狱，告诉默尔索他一定会出来，等他出来后，他们俩就结婚时，默尔索并没有很感动，而是反问她："你信吗？"

就在他被判死刑时，他并没有怪玛丽很久没有写信给他了，也不再想念玛丽。

他当时的独白是这样的："这么晚了，我反复思索，她大概是已经厌倦了给一个死刑犯当情妇，我也想到她也许是病了或者死了。生老病死，本来就是常事。如果她死了，我就不再关心她了，我觉得这是正常的，因为我很清楚，我死后，人们一定会忘了我，他们本来就跟我没有关系，我甚至不能说这样想是无情无义的。"

也许，默尔索对待感情的态度确实过于悲观，但有时静静地想一想，这原本就是爱情的宿命。抑或说，这是大多数缺爱的人，对情感的防范、警惕和不信任。

也正是因为这份怀疑、这份冷淡、这份超然，让默尔索很少受到情感的伤害和攻击。这也验证了为什么他妈妈死了，他也并不感到十分难过，为什么他临死时，也能很淡定地面对恋人对他的疏远和抛弃。

虽然我们总认为他这样的想法太过偏激,但又确实挑不出任何问题,毕竟大多数时刻,无论我们对感情抱有怎样美好的幻想,到最后它们都会以各种残酷的方式彻底磨灭。

5

《局外人》是作者加缪在二十六岁时写的作品,他也因为这部作品,获得了世界上最高的文学奖项,诺贝尔文学奖。

这部作品,规模很小,篇幅不大,仅有五六万字,却成为了法国二十世纪一部举足轻重的文学大作。而它的内容也极其平淡朴实,没有波澜壮阔,没有声势浩荡,内容中也没有彰显伟大,没有巨大的牺牲,也没有特别荒诞不经。

它仅仅描写了一个小职员在平庸的生活中对死去妈妈的态度,以及在糊里糊涂中犯下了一条命案,以及被处死的故事。

而这部作品,给我带来的最大思考和感动,是人不必为了别人而活,而是应该尽快地去活成你本来该有的样子。

在小说的结尾,原本不相信世界上有上帝的默尔索,在被执行死刑的前一晚,为充满月光和星空的夜所震撼,也第一次敞开了心扉。

他写道:"现在我面对着这个充满了星光与默示的夜,第一次向这个冷漠而未温情尽失的世界敞开了我的心扉。我体验到这个世界如此像我,如此友爱融洽,觉得自己过去曾经是幸福的,现在仍然是幸福的。"

这让我突然想起,哲学家康德曾说过的一句话:"世界上有两样东西能够深深地震撼人们的心灵,一是我们头顶上灿烂的星空,二是我们心中崇高的道德准则。"

一个看似冷漠至极,但依旧被星空震撼了的默尔索,他的内心本是纯粹的,毕竟在放下屠刀那一刻,人人皆是佛。这无关他曾做过什么坏事,以及他是否违背了世俗的道德规范。毕竟,真正好的小说,并不负责揭露和批判人性,它只是如实且本能地去反映和展露人性。

孤独，
是艺术该有的宿命

1

最近听了一位著名女画家的演讲。其实，我一直很喜欢在她性格中生长着的那一份，在大多数成年人身上已经消失殆尽的天真和纯然。

在接近两小时的聆听中，我收获了很多，当然也对其中她提到的某一些观点，有着自己不同的看法。

常常有人说，读书使人拥有独立思考的能力。

我想，这大概就是读书给我带来的，可以抛开他人的社会名望和地位，依旧可以大胆地提出质疑的勇气和坦诚。

她在演讲中提到，画家的工作极度寂寞，有可能画个三五年才有机会办一个画展，然后在大概一周的时间内，接受媒体的采访，去聊自己的思路和创作，但真正可以看懂画的人非常少。

所以，她提到自己更愿意把画画时的灵感和心得，乃至日常的生活，都事无巨细地分享给更多人，以求可以找到更多懂自己的知音和同行者。而不是把自己沉浸在个人艺术的世界里，画着只有自己懂的画，过着只有自己懂的生活，既不被别人了解，也不了解别人，只能独自去忍耐和消化那份自重自持的孤独感。

诚然，每个人都渴望被了解和懂得，艺术家同样也不例外。但我总认为，一个人热爱一件事，更多时刻，他的出发点应该是借由写作、跳舞或是画画去尽情表达和抒发自己。

如果有人懂得当然好，但如果没有，也大可不必费力地去找寻、去索求，甚至投入过多的期待。

原本所有的艺术，都是我们对自己的取悦和成全，人最终学会的不是如何画画，如何写作，如何雕塑或摄影，而是学会如何去关照和安顿自己的灵魂和精神。

大多数时刻，艺术之所以有魅力，并非因为它可以被所有人读懂，被所有人了解，被所有欣赏。而是创作者本身，对自己作品的彻底虔诚和相信，足够感染和打动我们。

2

许多人大概都知道，写作也是一件极其孤独的事。

古往今来，所有伟大的作家中，没有一个是每天游走于社交圈子中，参加不同的饭局，与不同的人交往，生活在一片喧嚣和热闹中，依旧可以写出一本足够有生命力的作品来。

虽然艺术的源泉来于生活，我们需要从不同的人生经历中，提炼更多丰富的人物和故事，以及不同的思考和领悟，但无论一个作家平时的生活状态如何，他一定需要有相当多的时间跟自己独处，跟自己交流，不断去整理自己，以求把自己完完整整融入到艺术和作品中去。

所以，我常常觉得，孤独是写作者本身应该有的宿命。甚至可以说，这是所有成功者登上巅峰所必须去面对和忍受的，这几乎是一种本能的选择。

就跟一个包子店的老板，每天需要在凌晨四点半起床，开始发面、和面和揉面一样，你不能贪婪地想舒舒服服地睡到早晨八九点才起床，还可以照样生意兴隆。

写作者也一样，当然不是说逼着自己与世隔绝，就一定能写出好作品，但写出好作品，一定需要相当的孤独去承托你所写出的那些最厚重和最有诚意的文字和作品。

我想，没有一个写作者是绝对爱孤独的，他们也会有那么一些时刻，有一种强烈的冲动渴望被人懂，渴望置身于人群中，去享受片刻来自尘世那些浅薄和即兴的欢愉。

但大多数时刻，他们需要相当的定力，去抵挡住自己内心的小波小浪四处散漫，需要有相当的自控力，避免自己做出任何思想上的退步和妥协，然后忍住一切短暂和虚假的舒适和安逸，一头埋进更深的黑暗和更艰难的跋涉中去。

3

在一个《书生四人》的采访中，主持人汪涵讲了一段话让我印象深刻，我也非常认同。

有一次，他跟一个教授聊天，他提到自己想要做一本有关湖南戏曲的书，因为有很多戏曲已经濒临消亡了。

他本来出于一片好心，想要凭借一己之力，去帮助和保护传统文化。但教授却说，他做的是一件反文化的事，因为文化的结局，就应该是苍凉的。

因为有时，我们都在太刻意去保护它的同时，反而让它变得矫情，太多人去关注，就希望它快速地出成绩，出作品给你看。但有些东西，不能催，它们需要的是时间的等待。就如手工制作的东西，一个木盆一天才做三五个，一个撑杆要拿刀子一点一点去削，一个鸡毛掸子要一层一层去包，一锅糍粑要很多壮汉打一个晚上才出得来。

就如读书这件事一样，虽然今天有许多人已经很难真正静得下心来，去好好阅读一本书了，但依旧会有极少数人牢牢地沉浸在书籍的世界中，不断地去汲取和享受知识，不断地去滋养和丰厚他们自己。

也许你会觉得遗憾，毕竟这样的人太少，而读书这件事却又好处多多，但无论再怎么加大力度去宣传和鼓励，你不得不承认的是，不爱读书的人，你无法逼他把不愿意和不感兴趣的书，真正读进脑子里。爱读书的人，无论外界如何喧嚣和浮躁，他依旧可以安住一隅，整个人与书融为一体，而忘了周遭的一切。

我们当然要更多人了解到，读书有明心见性、修身养性、除僻陋、得真知、增见闻等诸多好处，但读书本身就是一个孤独的形式，它需要你一个人专注在辽阔无比的阅读海洋中，去感悟，去体会，去领受你自己。

如果一个人无法安静下来，无法去面对自己，无法有片刻的时间跟自己待在一起，那么势必是读不到书里去的。

我常常觉得，真正读书的人，不需要给予他多余的劝勉和警醒，因为读书本身对他们而言，就是一种自我的享受。

不爱读书的人，也不一定非要强迫和为难自己，尽管读书在人生道路中很重要，但并不是唯一可以提升自己的路。

我们大可抛弃一些过于走形式的阅读方式，和一些过于浮夸的宣传，书本来就是一条窄路，它并非只能容下少数人走，而是愿意去走的只有少数人。

所以，无论在任何时代，我们都不必声势浩荡地抱着一种对经典书籍的可悲和怜悯，去把它强行塞到不爱它的人手里，这是对书最大的不尊重，亦如对待传统艺术，是一个道理。

4

我常常觉得，我们总有一种执念，想要把人从本该有的孤独也好，寂寞也罢，甚至无人能懂的境遇中解救出来。其实，这完全是不需要的。

庄子曾提出一种独与天地精神相往来的境界，也许很多人达不到这样的高度，但依旧可以把它作为一种向往和追求。

有时，我们都太着急要在人群中表现自己，去寻求所谓的了解和懂得，但其实没有人比你自己更了解你自己。

我总在设想，当然也在努力践行，人可以成为自己最忠实的表达和倾诉者。当你足够诚恳地面对和表达自己，而不是着急去向这个世界寻求更多外在的支撑时，你写出来的文字，你画出来的画，你跳出来的舞，才能在打动自己的前提下，有机会打动更多的别人。

那些令人感到害怕和恐慌的孤独和寂寞，它们本身具备足够的土壤和养分，让你去挖掘出生命本身该有的力量和厚度，就如挖井一样，你只有给到自己足够的沉淀和积累，你只有足够去靠近和依傍自己，打出来的水才足够清澈和明亮。

所有艺术跟孤独，就如一棵大树上互相缠绕的枝蔓，是分不出你我的，当人在孤独中不断地靠近和抵达内心的领地和疆域时，也就无限地靠近了艺术的中心和天堂，也就无限接近了自己想要成为的那个人和那个最全然的自己。

那些无用的功利时光

1

常常有人问我，读书有什么好处，写作有什么好处，以及每天凌晨五点早起，又有什么好处。

刚开始，我的答案是较为实际的，例如读书可以开阔眼界，写作是跟自己对话，以及自律可以让人养成好习惯，等等。可后来，慢慢地有些厌倦了这样的回答，我只想真诚地告诉所有问过，以及想问这些问题的人，这些事其实都没什么用，它既不能帮你挣钱，也不能帮你找到一份好工作，甚至还耽误你睡觉、聚会以及闲暇的时间。

但为什么"坏处"这么多，我却在这条路上，乐此不疲地每天重复着做这些看似枯燥、乏味，以及苦行僧般的坚持呢？

如果我说，只为了悦己，似乎有些任性。生活在这个快节奏的时代，有时我们不得不被生活逼着、赶着、追着往前走。

我们企图认识到的每一个人，做过的每一件事，花掉的每一分钟，都能最大限度地帮我们实现价值和收益的转化。于是我们变得越来越世俗，越来越实际，甚至越来越讨厌我们自己。我们不想这么做，但仿佛我们又不得不这么做。

2

不知你是否发现，真正让一个人感到快乐的，恰恰不是那些用钱可以买到的享受，反而是一些无用的时光，无用的付出，无用的追求，帮我们支撑起了疲惫不堪的生活，以及帮我们找到久违的心安。

有时，爱一个人，就简单地去爱。无论对方是否给予你想要的回应，但勇敢地表达出你的心意，本身就是一种幸福。

有时，做一件事，就纯粹地去做。无论是否得到你期待的回报，但可以和热爱的一切在一起，又何尝不是一种收获。

有时，买一样器物，就为了喜欢。无论它是否可以用来喝水，还是只是充当一个花瓶，总之，喜欢胜过所有理由。

太多时刻，我们放不下沉重的功利心，并不是因为被现实所捆绑和束缚。而是你无法给到自己自由，尤其是心灵的自由。你想要倔强地活出你自己，但你又总是那么斤斤计较。

有时，我常常觉得，活得太过精明的人，其实是很可怜的。这份可怜，并不是他们迫于生存的压力和生活的无奈，不得不选择活得如此实际，因为他们缺少的不是更多的物质条件，而是一颗观照自己的心。

记得梁文道曾说，读一些无用的书，做一些无用的事，花一些无用的时间，都可在一切已知之外，保留一个超越自己的机会。人生中一些很了不起的变化，都来自这种时刻。

其实，一个人可以给自己无用的机会越多，他才会越富有。因为他的内心，少了浮躁，少了慌张，也少了焦虑，才会心安理得地把时光虚掷在美好的人、事、物上。

3

也许总有人反驳说，我们都尚未脱离眼前的苟且，哪儿有空，有心思，有余力去追求诗和远方。

但我总认为，如果你愿意放弃一些无聊的社交，回家安安静静地读几页书，看一场心仪已久的电影，以及和喜欢的人一起散散步，吃吃饭，聊聊天，这大概会让你的内心感到一种最平静和最满足的快乐。

如果你愿意放下那些多余的物质和财富，而是把时间、精力和余力，放一点在自己真正热爱并且执着的事上，你大概会发现人间如此值得，也会在迷茫、焦灼和不安中，找到真正的自己，以及成为你自己。

一个人活在这个世上，应该用全部的努力，让自己尽可能地离功利之心远一点，远一点，再远一点，直到有一天，你有能力为自己的所好，为自己的偏爱，为自己那些不被众人理解的追求买单时，这才是真正的成功。

也许有时，我们不得不向现实暂时低头，以及要去应付许多苦衷，无奈和不得已，但你扪心自问，你自始至终，都不可以有更好的选择了吗？其实，你是不愿放弃已经拥有的，也割舍不下太多虚名浮利，你口口声声追求着自由、潇洒和豁达的人生，但你的行为却真真实实地出卖了你。

一个人如果想要过上自己渴望，而不是大家所期待的生活，他就一定有办法过上。

如果他最终失败了，不是因为他缺钱，也不是他缺时间，更不是他别无选择，而是他对自己还不够坦率和诚实。

读书和不读书，
过的是不一样的人生

1

每天早起阅读的习惯，我已经坚持了整整五年。与其说我喜欢读书，不如说我离不开书。那些每天读进去的书，在日积月累中，不断转化成了我自己的东西。每当我在工作和生活中遇到麻烦，它们都能给我更多的底气。

在这个世上，大概没有什么东西可以像书一样，能给我如此丰富又实在的帮助。它就像一位经验丰富的老者，给我指明前进的方向，也像一个比肩同行的伙伴，给我及时的安慰和鼓励。

也许读书这个行为并没有什么与众不同的地方，但它提供给我的，却是一份内在的精神滋养。

它让我活得足够阳光和积极，无论白天的工作多忙多累，也拥有治愈自己的能力。它也让我活得足够坚忍和勇敢，无论遇到什么烦恼和困扰，也不会感到悲观和绝望。它更让我活得通达和智慧，无论面对任何重要的抉择，也很少会去抱怨和纠结。

2

每天下班回到家,我都喜欢安静地看一会儿书。当我沉浸在阅读的世界时,就会一扫整日的疲惫和劳累。

对我而言,读书很大的意义在于放松自己。在书的面前,我不必有太多的约束,不必认识不想认识的人,不必说不想说的话,也不必做不想做的事。读书给了我更多的选择和自由,去接触喜欢的人物,去了解喜欢的故事,去通过别人的经历更好地认识和丰富自己。

在我们每个人的成长路上,读书都是成本最低的投资。只要你打开书,沉浸在书的世界里,你就可以诉说,可以倾听,也可以沉思或者自省。

如果说工作和生活是为了让我们不断地去适应社会、了解他人,那么读书恰恰是为了更多地去理解自己,学会和自己相处,并最终活成自己喜欢的样子。

3

每当我一个人的时候,总是喜欢随手拿起书来读一读。无论是失眠的夜晚,还是某些有情绪想要倾诉的时候,书籍都是我最好的知己。

觉得心里难过了,就去看一些正能量的书,在他人的励志故事中获得让自己更强大的信念和支撑；觉得有困惑了，就去看一些有思想的书，在哲人的开解点拨中慢慢领悟人生的智慧和真理；觉得生活无趣了，就去看一些有意思的书，在旁人的精彩经历中不断拓宽自己的视野和眼界。

一个人如果喜欢看书，尤其是读经典的好书，那么他就相当于拥有了无数个真正优秀的朋友。虽然他们并不能真正陪在你左右，但只要翻开了书，读书的人便拥有了跟作者交流的可能。

读书的过程看似孤独，因为它需要你一个人把心静下来，才可以更好地进入阅读的状态。但我又常常觉得，只要有书的日子，就不孤单，因为阅读带给人的，恰是无声的陪伴。

4

一个人不读书，看似并没有失去什么，但一个人读了书，就会拥有更多想象不到的东西。

当你遇到解决不了的麻烦和困难时，读书可以给到你更好的思路和指引；当你疲于应对社交的烦琐和复杂时，读书可以帮助你获得自由和放松；当你感到孤独时，书籍是离你最近、最不必花费心思寻找的朋友和知音。

你读进去多少书，它就会回馈你多少好处。也许你偶尔会感觉读书无用，那并不是因为读书失去了意义和价值，而可能是你读得不够耐心、不够诚恳。只要你肯踏踏实实地去读，即便是利用许多零碎和闲暇的时光，慢慢地你也会发现，自己的天地正在变得越来越辽阔。

读书和不读书，过的是不一样的人生。

重读《儒林外史》：
文学的目的和意义，究竟是什么

1

最近又重读了《儒林外史》，对严监生这个在大多数人心目中，早已根深蒂固的"吝啬鬼"形象，有了彻底的改观。

原文是这样的：

> 严监生的病，一日重似一日，再不回头。诸亲六眷都来问候。五个侄子穿梭的过来陪郎中弄药。到中秋以后，医家都不下药了，把管庄的家人都从乡里叫了上来。
>
> 病重得一连三天不能说话。晚间挤了一屋的人，桌上点着一盏灯。严监生喉咙里痰响得一进一出，一声不倒一声的，总不得断气，还把手从被单里拿出来，伸着两个指头。
>
> 大侄子走上前来问道："二叔，你莫不是还有两个亲人不曾见面？"他就把头摇了两三摇。
>
> 二侄子走上前来问道："二叔，莫不是还有两笔银子在那里，

不曾吩咐明白?"他把两眼睁的溜圆,把头又狠狠摇了几摇,越发指得紧了。

奶妈抱着哥子插口道:"老爷想是因两位舅爷不在眼前,故此记念。"他听了这话,把眼闭着摇头,那手只是指着不动。

赵氏慌忙揩揩眼泪,走近上前道:"爷,别人说的都不相干,只有我晓得你的意思!你是为那灯盏里点的是两茎灯草,不放心,恐费了油。我如今挑掉一茎就是了。"说罢,忙走去挑掉一茎。众人看严监生时,点一点头,把手垂下,登时就没了气。

我特意查找了语文考试的资料,这篇文章的学习重点是:通过品读严监生临死前的动作和神态,揣摩严监生内心活动,感受严监生这个鲜活的吝啬鬼形象。

2

在世界文学史中,有四个最出名的"吝啬鬼"形象,它们分别是:莎士比亚《威尼斯商人》中的夏洛克,莫里哀笔下的阿巴贡,巴尔扎克笔下的葛朗台,果戈里《死魂灵》中的泼留希金。

到目前为止,我暂时还不了解"阿巴贡",但对其他三个人物是很熟悉的,也很佩服作家对他们生动且精准的描写。但回到《儒林外史》中的严监生,我认为许多人对这个角色,有相当深的误解,乃至一提到他就充满了嘲笑和讥讽。

其实这个源头在于,许多人都认为,我们读书时看到的这一段,就是这本书的作者清代的小说家吴敬梓先生,对"严监生"这个人物全部的描写。

但如果你肯在买了这本书后认认真真地去读，你就会发现，我们的语文课本不只是节选了最后的片段，而且作者写"两根灯茎"，或许根本不是为了体现严监生的吝啬，恰恰是为了引起一个强烈的反差和对比，然后表达对他的欣赏和敬佩。

首先，严监生有"节俭"的美德。

在原著中，严监生的原名叫严大育，字致和。他有了哥哥，字致中，是个贡生，他们是同胞弟兄，却在两个宅里住。

严监生不仅有几亩地，家里还有十多万的银子。虽然小说中，并未详细交代他的钱是如何挣的，但从这个细节中或许可以窥见一二。

严监生说："像我家还有几亩薄田，日逐夫妻四口在家里度日，猪肉也舍不得买一斤。每常小儿子要吃时，在熟切店内买四个钱的，哄他就是了。家兄寸土也无，人口又多，过不得三天，一买就是五斤，还要白煮的稀烂。上顿吃完了，下顿又在门口赊鱼。当初分家也是一样田地，白白都吃穷了。"

从这里我们可以看出严监生的富有，大抵是靠省吃俭用，一个铜板一个铜板地攒起来的。

这种节约的方式，也许在今天看来，有些多余甚至愚痴，但严监生不偷不抢，而且还因为节约，才有了相当的积蓄，这非常符合大多数中国人"居安思危"的心理。

同时，他临死前还在心里挂念多点的一根"灯茎"，这或许并不是为了体现他的吝啬，恰恰是为了体现他是个实在人。毕竟在中国的传统里，我们一直提倡"一粥一饭，当思来之不易；半丝半缕，恒念物力维艰"的精神品质。

一个人在整个人生中，如果没有经历过饥饿，没有经历过贫困，没有经历过从吃不饱饭的年代里熬出来的滋味，大概不太会有感同身受般的体会和理解。

3

其次，严监生为人厚道大方。
他的"吝啬"，只是对他自己，他其实是一个重情重义的人。

他哥哥因为做了亏心事，被两个人告到知县那里去后，就逃走了。当衙门来找人时，这个烂摊子，严监生可以不管，毕竟他们分家了，但他还是自掏腰包花了十几两银子，才替哥哥摆平官司。

严监生对自己的妻子也很好，他有个元配夫人叫王氏，身体不好，在病重时，严监生请了四五个医生，甚至每日给妻子吃人参、附子，希望尽快把她治好。

严监生对妻子的亲人也很好，不仅把夫人王氏留下来的钱，分别给了她的两个哥哥每人一百两，态度十分诚恳，丝毫没有任何施舍的意思，并且还非常客气地说"老舅休嫌轻意"。

还特意提到："不可多心。将来要备祭桌，破费钱财，都是我这里备齐，请老舅来行礼。明日还拿轿子接两位舅奶奶来，令妹还有些首饰,留为遗念。"

甚至他做人非常周到,在妻子死后,他发丧就花了四五千两,而且还遍请诸亲六眷,共摆了二十多桌酒席,吃到了三更时分,不客气地说,他办丧礼纯粹是为了给亲朋好友一段免费的吃食,哪怕自己要倒贴很多钱也不计较。

但当严监生自己病重时,原本已经饮食不进,骨瘦如柴,但他连一根人参也舍不得给自己买来吃。甚至临死前,哪怕在他精神颠倒,恍惚不宁,心口疼痛时,也硬撑着每日算账,直到三更鼓。

他的妾赵氏劝他:"你心里不自在,这些事就丢开了罢。"

他却说道:"我儿子又小,你叫我托那个?我在一日,好不的料理一日。"

再后来,他已经病得非常严重了,甚至已经睡在了床上,依旧惦记着田上要收早稻,打发了管庄的仆人下乡去,又不放心,心里只是急躁。

从这些细节中,我们也可以看出,严监生在病重时,也要每晚算账目的行为,真不是为了给自己留多少钱。毕竟他已是将死之人,他这一辈子都不舍得为自己多花哪怕一分钱,而他用生命最后的余光去换来的钱,几乎都是为了给那还未成年的儿子多留一点积蓄,好让儿子日后的日子好过些,他放心不下,就如天下所有的父母,放不下对自己孩子的关心和担心一样。

就在他的病一日不似一日时,他的诸亲六眷都来问候,五个侄子穿梭地过来陪郎中弄药,连他的病床前也挤满了一屋子的人,可以想见，他并不是我们所以为被人厌恶的"吝啬鬼"。

4

在这个世上真正的吝啬鬼，大多靠剥削、欺骗，乃至抢夺的手段去谋取钱财，并且他们要么对自己很大方，对别人很抠，要么对自己和别人都很抠。但绝不会出现这样一个吝啬鬼，他挣干干净净和踏踏实实的钱，却对所有人都很好，很大方，很仗义，唯独对自己很抠门，很计较，很舍不得。

我们之所以那么在意"两根灯茎"，是因为我们觉得他既然是个有钱人，那么他就不必如此节俭。但事实上，节俭这个品质，它跟你有没有钱，并没有任何直接的关系。

大概七八年前，有一个熟人曾跟我面对面聊起，他有个亲叔叔从小身体就不好，生活在农村，家里很穷，只能靠在村里打些零工贴补家用。后来，他病重实在坚持不了，就去县城的医院看病，但没想到一查就是肝癌晚期。于是他放弃了治疗，躺在家里的床上，就在快要不行时，他想要吐血，但一直强忍着包在嘴里，表情十分痛苦，脸色也十分青白，等到他妻子拿来垃圾桶后，他才将血吐了出来。

当他妻子看他如此可怜，一边抹着眼泪，一边告诉他，想吐就吐出来好了，千万不要憋着。但他却用已经十分虚弱的声音说，自己身上盖的是一床新的棉被，要是吐脏了，以后就不能用了。

如果在临死之前，也要把多点的那一根"灯茎"挑熄的严监生，是一个家徒四壁的穷人，也许我们会认为这是节约，甚至对他产生无限的同情和哀怜。但偏偏严监生，他是一个家缠万贯的富人，所以他的行为就变成了吝啬，被我们无限地嘲讽和讥笑。

我常常在读书时反问我自己，文学的价值和意义，究竟是什么？

我想我们在五千多年的传统文化中，去学习经典的目的，或许并不是仅仅去学习一种手法，去揣摩一种心理，乃至去进行片面的否定和批判。

也许我们应该学会的是在不同的角色和人物中，去发现和挖掘出闪耀在人性深处，那些最耀眼的光芒。它包括善良，包括情义，也包括慈悲心。

当然，我写这篇文章的意图，也只是表达自己的一个观点，它不一定对，但我仅仅希望有更多读者，乃至更多孩子的家长，可以买到这本《儒林外史》，然后走进真实的严监生，走进真实的处境，走进真实的人物经历中去，或许你就会抛开固有的成见，抛开断章取义的选段，获得"两根灯茎"以外的更多人生感受和体悟。

读书，是一种巨大的福报

1

又是一个周末，一个可以安静下来，阔阔绰绰看书的好日子。

不必掐着时间，提醒自己半小时后出门上班。不用在地铁的拥挤里，一边要认真看书，一边又要时刻警惕不要坐过站。也不必在开车等红绿灯时，偷几分钟的时间听几段文学课。

我常常天真地想，如果可以一辈子什么事都不用干，光读书该多好，一个光字，大概暴露了我巨大的贪心和执着。

也是在无数个这样的瞬间，我突然明白了《围炉夜话》中的那一句话："何谓享福之人，能读书者便是。"

2

我很难想象，没有书的日子，会是什么样。

每当工作和生活将我压得无力动弹，忙到读不到书时，我心里就会慌。这样的慌，让我感到若有所失，就像心里被挖了一道深坑，无论用再多东西填，都是空荡荡的。

每天，我都生活在两个不同的世界。其中的分野，不是上下班，也不是白天和黑夜，而是读书和不读书的时间。

不读书的时间，我需要脚踏实地去生活，饭要好好吃，事要好好干，柴米油盐的琐细，样样要亲力亲为。读书的时间，我就是纯粹的理想主义者，可以读李白，可以读《金刚经》，可以读一辈子都读不够的黑塞和《红楼梦》。

3

其实，读书这件事，真是要讲机缘。尤其是好书，每读一次，你就是在不断地去丰厚自己的生命情感和生命体验。

我们常常说，要感恩生命当中许多的人和事，其实，读到一本好书，也需要去感恩。就如我们读列夫·托尔斯泰的《战争与和平》，第一次读，或许是因为它的伟大。但第二次，乃至更多次去读时，你能读出它的伟大，这就是所谓读书的福报。

许多时刻，我们做任何事，都企图去寻找诸多世俗和功利上的意义和目的。就如读书，我们总是要强调，读它会得到什么具体的好处，仿佛才能吸引更多人去读它。

其实，读书的行为，本就是一种精神自由。

不想读书，没空读书，读不进去书，才是对我们来说吃过最大的亏，才是我们受到过最大的惩罚，只是很多人并不知道。

4

我总认为，无论在任何年纪和际遇里，一个人如果还愿意和渴望读书，在他的生命感受中，本就藏着巨大的福报。

你只有去读，你才能在日积月累中，慢慢去感受和体会，读书给人带来的，如王阳明所说的"使心的本体的光明"。但如果你不去读，你虚掷的何止是如白花花银子般的时间，你虚掷的更是，遇到一个好作家，遇到一个好作品，以及遇到一本好书的机缘和幸运。

读书的好和妙，究竟是什么？很难具象地去讲，但从古至今，我们都羡慕读书的人。羡慕他们身上自带的定和慧，羡慕他们气质中流露出的静气和远意，也羡慕他们内心当中涌现出的那份从容和笃定。

在现实生活中，对很多人来说，饭是必然要吃的，但书是不必然要读的。但当一个人，把读书当作一种必然的习惯时，他将格外拥有一个更加诗意和广阔的世界。

每一个人，
都是《华兹华斯》

1

英国印度裔作家奈保尔曾写过一篇小说《B.华兹华斯》。它讲的是，在英国米格尔大街上，一个名叫B.华兹华斯的乞丐和一个小男孩的故事。

一天下午大概四点的时候，这个乞丐走到这个小男孩的家，问道："小家伙，我能进你家的院子来吗？"

虽然他是一个乞丐，但奇怪的是，他衣着整齐，戴一顶帽子，穿一件白衬衣，一条黑裤子，看起来并不像是坏人。

于是小男孩又问："你进来干什么？"这个乞丐说："我想看看你家的蜜蜂。"

其实读到这里，许多读者大概会想，这一定是乞丐的套路，你不过是找个理由，想要进小男孩家行讨。

小男孩不太确定是否可以,于是把话传给了妈妈,妈妈让小男孩盯着这个乞丐,让他看看也无妨。结果这个乞丐和这个小男孩,整整一小时都蹲在那些小棕榈树边上看蜜蜂。

当乞丐问小男孩喜不喜欢看蜜蜂时,小男孩不耐烦地说:"我可没那闲工夫。"

但乞丐却说:"我平时就做这个,我可以看蚂蚁看上好几天。你看过蚂蚁吗?还有蝎子、蜈蚣、两栖鲵什么的,你都看过吗?"

小男孩摇摇头。

读到这里,我渐渐放下了对乞丐的戒备和偏见,甚至我发现,这个乞丐有一个特别与众不同的地方,他不仅喜欢亲近自然,而且心思也特别单纯。

接着乞丐提到自己是个诗人,又问小男孩爱自己的妈妈吗。

小男孩说:"她不揍我的时候爱。"

乞丐说可以把自己写的一首关于妈妈的最伟大诗篇,低价卖给小男孩,只要四分钱。

小男孩走进房屋问他妈妈:"妈,你愿意花四分钱买一首诗吗?"

此时妈妈愤怒地说:"给我听着,叫那个浑蛋夹着尾巴滚。"

虽然诗没卖出去,但这个乞丐看起来也毫不在意。

读到这里,我又觉得这个乞丐实际上是很功利的,倒不是写诗就不该挣钱,只是他这样拐弯抹角,让人觉得不够真诚。所以连同之前对他突然有的好感,也一并消失了。

再接着,大约又过了一个星期,这个小男孩放学回家,又在大街上遇到了这个乞丐。

乞丐说:"我等你半天了。"

小男孩立马问:"你卖出去诗了吗?"

其实我猜这时小男孩也对这个乞丐有防备,甚至又以为他还会推销诗,或者想从自己身上挣到钱。

但此时这个乞丐却说:"我的院子里有棵西班牙最棒的杧果树,现在杧果树都熟了,又红又甜,还有好多汁呢。我在这儿等你就为告诉你这个,请你来我家吃杧果吧。"

然后小男孩真到了乞丐家,一口气吃了六个,黄黄的杧果汁顺着他的胳膊直流到胳膊肘,也从嘴里顺着下巴流下来,把他的衬衫染得花花的。

读到这里,我又有些疑惑了。

因为从这个细节来看,仿佛这个乞丐又变成了一个单纯的好人,毕竟他在街上等了一下午,并不是为了从小男孩身上得好处,只是为了纯粹地请小男孩吃杧果。

从我们对这个普通的乞丐,从坏到好,从好到坏,再从坏到好,三次天翻地覆般的颠倒印象中,我有了一些启发。

许多时刻,我们看一个人,其实并不能以自己的主观思维和惯性,去判断他们的好与坏,原本真实的人性,或许并没有你以为的那样复杂,那么市侩,那么工于谋算。有时人与人之间,之所以会有误解,恰恰是我们的内心深处,不再有那些最美好、最单纯,也是最质朴的信任了。

同时，我们不太有耐心，给足够的时间去了解和走进他人，总是喜欢片面地通过一两件事，就断定一个人是否值得交往。

就如这个乞丐，我们对他的第一印象，就觉得他应该是想从我们身上搜刮到一些好处，但后来发现，原来这个乞丐是真心想要跟这个小男孩交朋友。尽管他的职业看起来很卑微，尽管被人瞧不起，但从某种意义上讲，他的灵魂却是高贵的。

一个人拥有一颗单纯和质朴的心，是宝贵的，能够看到和欣赏到别人的单纯和质朴，更是宝贵的。因为我们常常会因为在俗世生活中浸泡久了，就会对这个世界，对这个社会，乃至对他人，带有固有的成见。

但你永远也不要忘记，哪怕成千上万个乞丐靠近你都只是为了向你乞讨，但或许也有那么一两个乞丐，他是真心想和你做朋友，不带任何目的，也不带任何功利，甚至在他们身上，有许多值得你学习的地方。

2

再后来乞丐跟小男孩又讲到一个故事，其实故事里的主人公，大致推算应该就是他自己。

有一个诗人曾经跟一个深爱的姑娘结了婚，他爱着词句，他爱着花花草草，他们在一个小屋里过得非常幸福。

有一天，这个姑娘对诗人说："我们家里又要添一个诗人了。"但后来这个姑娘死了，连同肚子里的小诗人也没有了，这让诗人伤透了心，于是发誓不再去碰姑娘花园中的一草一木。所以她的房子里，看起来草木丛生，茂盛而荒凉。而这或许就是在暗示，这个诗人因为心灰意冷，所以去当了乞丐。

也许看到这里，你又觉得乞丐是一个情深义重的人。接着，当乞丐谈起要请小男孩吃冰激凌时，突然琢磨了一会儿说："我看，得进这家店问问价钱。"其实刚才这个乞丐还给我们留下了一个非常理想的、高大的、重情重义的印象，

但他在买一个冰激凌也有犹豫时，那种囊中羞涩的尴尬，又把我们瞬间拉回了现实，甚至产生了一种莫名的心酸和同情。

其实读到这里，又多么像我们每个人的一生，哪怕我们可以去追求所谓的诗和远方，但也不得不面对眼前赤裸裸的苟且。

再后来，这个乞丐告诉小男孩，自己正在创作一首献给全人类的诗。他在五年前就开始写了，还要再写二十二年，他每月只写一行，但保证是最美好的一行。比如他上个月写的那一句：往昔是深邃的。

其实，即便是这样一个乞丐，他的内心也充满了纯洁又伟大的梦想，又或者正是为了写这首诗，才支撑着他在失去人生至爱，面对一切苦难和悲痛时，还能继续活下去。

大多数人又何尝不像这个乞丐，虽然我们普通如一粒微尘，但我们心中也曾经有很美好的追求和向往，虽然它看起来是那么不切实际，却又那么乌托邦般地理想。

又过了很长一段时间，这个乞丐一天天在衰老下去，后来当小男孩再次碰到他时问："你怎么样呢，华兹华斯先生？"

乞丐说，自己在一个地方唱歌，好维持最基本的生活，而关于他想要写出的那首最伟大的爱的诗篇，他只字不提，又或是再没有勇气提。

再过了一段时间，这个乞丐已经相当苍老、虚弱，甚至他已经躺在了小床上，当小男孩再次去看他时，他不无感慨地说："二十岁的时候，我觉得浑身的劲儿使不完，但那都是好久以前的事了。"

接着他告诉小男孩给他讲个可笑的故事。关于那个诗人和姑娘的故事，是不存在的，并且那世界上最伟大的诗篇，也都不是真的，然后他自我讽刺地说："这难道不是你听过的最最可笑的事吗？"

后来当小男孩再次走到大街上时，已经找不到乞丐的小屋了，甚至那里已经被砖石和混凝土所取代，就像 B. 华兹华斯从未来过这个世界。

这个结局，读起来非常苍凉，又让人心碎。

或许我们每个人都是这个乞丐，都是这个诗人，也都是这个奈保尔笔下的 B. 华兹华斯。

在生活面前，有时我们像一个"乞丐"一样，为了生计不得已去奔波劳碌，但在精神上，我们又渴望成为一个像诗人般的人物，也渴望拥有诗人般的灵魂。

当衰老不可抵挡，当现实不可抵挡，当我们的一己之力，无法创造奇迹，无法扭转境况，时间的洪流不得不将我们无情地带走时，最终我们留给世界的，或许就如我们当初来到这个世界时是一样的，什么也带不走，什么也留不下，空空如也。

我们多么想一辈子活成一个诗人，但无奈我们活成了一个乞丐，我们又多么想获得快乐和幸福，但无奈我们最终都会失去我们人生中的至爱。

我们多想在这个世上留下些什么，但无奈我们必须放下那些实现不了的夙愿，最终不带任何执着地，彻彻底底地离开这个世界，离开那个我们熟悉的人世间。

第一次读这篇小说时，我觉得它有些好笑，又有些感动，尤其华兹华斯先生是一个想要当全世界最伟大诗人的乞丐。

第二次读这篇小说时，我觉得它揭示了人生就是一个巨大的矛盾和悲剧，因为从某种意义上讲，诗人和乞丐，是我们每个人身上都共存的特质。

第三次读这篇小说时，我觉得即便是当一个乞丐，我们也依旧要拥有，可以写出全世界最伟大诗篇的梦想，哪怕它看起来特别乌托邦。也许我们必然会为了生存去忙碌，但拥有高贵的梦想，或许可以支撑我们充满希望地活下去。

天地有大美

1

我有个特别的癖好。每晚临睡前，都会翻看书里的丹青水墨画，也常常翻阅中国国家地理杂志，抑或在视频里观赏风景纪录片。

其实生活越是繁忙，越是琐碎，人的内心越需要保留对大山水、大气象、大天地的敬重和向往。即便脚步离不开方寸之地，即便身心难免被束缚和捆绑，但越是如此，我们越要去感知和靠近，辽阔的宇宙万物。尤其处在这个信息碎片化的时代，每个人都在试图为自己发声，每个人也试图去表达、去解读、去诠释，他们自己所相信的，所信奉的，甚至是偏执地认为是对的道理和观点。

不得不承认，过量的信息和过度的表达，不仅对人毫无益处，也会让人感到身心俱疲。喜欢在每一天结束后，在静默的大自然中，待上片刻，会觉得放松和自由。

其实，一个人面对自然万物的态度，恰恰是他对自己的一种观照和反思。

常常有人喜欢去欣赏奇观异景，但其实在亘古不变的昼夜交替和四季更迭中，我们依旧可以挖掘出，更多摄人心魄的美好和感动。

也常常有人无法安静下来，独自去欣赏一处风景，也无法将自己融入一花一叶中，去体会生长、凋谢，乃至融入大地后，那种"天地际也，无往不复"的生命循环和轮回。

一个人所能看见的，常常是自己的内心映射出来的东西。而在大自然这个天然的对照中，我们看到了人类自身的浅薄、渺小和卑微。也越是在大自然面前，人才能远离喧嚣、浮华和躁动，然后让你的心，回归本能的素净和澄明。

2

庄子曾说："天地有大美而不言。"

纵观天地山川，日月星辰，江河湖海，它们不过是在时间和空间的流转中，去实现自我的潮起潮落和风云变幻。它们仅仅是在做自己，却美得不自知，美得不动声色；而正是这份朴素，起到了洗涤人心的作用。

现实生活中，有多少人有些姿容和身份，就会手舞足蹈，炫之，耀之。但越是自夸，越是浮夸，越令人感到分量的轻，人品的薄，以及审美的乏味和疲劳。

但高山不会聒噪地向你表明，它的巍峨，大海也不会刻意地向你显摆，它的广博，天和地也从不会向你展示自己包容和宽纳了万物生灵。

越是美的东西,越会走进人的内心深处,而不是仅仅停留在感官的眼耳鼻舌声意上。当然越是走进人内心的,也越不需要去表现和声张,你只需要接受它的熏陶和浸染就很好。

无论是一个人长相的美丽,抑或为人的魅力,常常在不经意间去打动人心。你静静去感知它,就能拥有它,一旦掺杂太多夸大的语言和形容,反而会破坏它本身的诚恳、拙朴和真实。

其实,天地寂静,沉默,不言美,并不会让它逊色半分。但人无论如何夸赞自己的正义和善良,却丝毫也无法掩盖,他们藏在身后的虚荣和丑陋。

其实,有时不言,就是一种美。因为它本身就饱含着一种低调,一种谦逊,一种克制。

在万事万物中,真正的大觉悟和大智慧,都略带几分禅意,犹如机锋、公案和偈语,只可意会,不可言传。

3

苏轼在《赤壁赋》里,写过这样一段话:

且夫天地之间,物各有主,苟非吾之所有,虽一毫而莫取。惟江上之清风,与山间之明月,耳得之而为声,目遇之而成色,取之无禁,用之不竭,是造物者之无尽藏也,而吾与子之所共适。

其实,大自然的美,恰恰体现在它的不自私,不狭隘,不局促上。因为它属于众人,众生,众天地,所以才能成为"大",也才能成其真正意义上的"大美"。

在世俗生活中,一个人再貌美,一件事再圆满,如果它仅仅是成就了自己,而并没有给他人以慈悲,以厚爱,那么它也顶多在自家小院里,一枝独秀,却无法在真正的春天里,被那一个江畔独步寻花的诗人,留下"花满蹊,压枝低,时时舞,恰恰啼"的惊叹和感动。

我们常常被大自然吸引,也许恰恰是因为它属于任何人,又不属于任何人。

你看那松间的明月,和那石上的清泉,那萧萧无边的落木,和那滚滚不尽的长江,它们只属于王维和杜甫吗,又或者只活在唐朝和唐诗中吗?

原本,你为人越大方,越慷慨,越不吝啬,越会得到更多。

原本,你越是无私,越是大度,也越会活出生命的厚度,包揽万物。

在佛法里,有小乘和大乘之分。

小乘,是度己,大乘是度人。其中的小和大,也正体现在一个人胸襟和气度上。

诚然,度人的前提,是要度己,但许多人在度己以后,就把从天地万物中学到的东西,据为己有。

他们并不知道，无论是内在的学识，还是外在的财富，其实越分享，越给予，越真心实意地去帮助他人，越会给自己增加无上的美德和福报。

就如大自然，从不吝啬将自己的美，藏匿于一隅之地，而是越肯舍，才会得，越取之，越用之，越欣赏之，越不会被小气候、小气象替代，也越会在时光的淘洗和镂刻中，不减美色，不增沧桑，不惧旧和老。

4

其实，所谓的大天地，不在远方，就在眼前。无须向外求，只需向内观照。

比如于书法家王羲之而言，有时就在兰亭集会中，在修禊之事中，在群贤毕至、少长咸集中，也可以仰观宇宙之大，俯察品类之盛，然后游目骋怀，足以极视听之娱。

于诗人王勃而言，有时在探亲路上，在滕王阁小憩，也可以发出天高地迥，觉宇宙之无穷，兴尽悲来，识盈虚之有数。关山难越，谁悲失路之人，萍水相逢，尽是他乡之客的感慨。

如果一个人心里有山水，那么即便他深处泥沼地，也拥有抬头仰望星空的信仰和相信。

如果一个人的格局够开阔，那么他即便在素淡日常里，也可以用慧眼去窥见，藏在细微生活中的大气节和大景象。

你的眼睛，不可以被柴米油盐的琐碎全部包裹，你的心灵，也不能被各种鸡毛蒜皮全部占据。

你应该在素淡的日常中，感受到日出太阳的光，感受到日落夕阳的美，以及在一个星空之夜，想起一首跟月亮有关的诗。

你的身体，不可以被全部生计的忙碌所缠绕，你的灵魂，不可以在汲汲以求的名利中全部被吞噬。

你还应该有对理想的追求，对未来的憧憬，对人生的展望，以及对这个世间，有巨大的同情、担当和责任心。

许多时刻，我们的烦恼和困惑，实则并不来自外力的干扰和困扰，而是因我们的修为不够，格局太小。我们的眼睛里，应该有万物和山川，才不会将人生困在欲望和诱惑中，不能自持自重。我们的心中，应该有更多关于纯粹的、质朴的憧憬，希望和愿力，才不会沉溺在世俗的庸碌中，泯然众人矣。

烟霞俱足，
风月自赊

1

又到了一年的秋天。一簇一簇橘黄的桂花挂满了枝头，路旁的银杏也逐渐有了泛黄的气息，在不冷不燥的阳光下，我屏住呼吸，安静地聆听周围的风声、鸟鸣声、车马声，以及自己如流水般缓慢且均匀的心跳声。

喜欢一个人在晌午时分，漫步在散散淡淡的街口，毫无目的，也不求抵达，就这样随意地往前走，眼光落在无数陌生的路人和行人身上。他们有的正弯着腰，用嘴巴吹着滚烫的面条，有的正缩着头，在绘声绘色地聊着天，还有的仿苦心有郁结，正跷着二郎腿，抽着一根又一根的漫卷青烟。

有时，我特别喜欢尘世里这些与我无关的热闹和喧嚣，甚至当置身于人烟辏集的拥挤和堵塞中时，我感受到了热气腾腾的生活，所带给我的真实和鲜活。但更多时刻，我喜欢退回到自己的宇宙天地里，去窥见他人的日常，他人的悲喜，他人的苦乐，仿若无数个他们中，都藏着，也经历着一个真真实实的我。

2

大多数时候，我的内心仿若一汪宽阔如镜的海，当那一股股的波涛和暗涌，不断向我袭来时，我不使劲去对抗，也不拼命往后逃，只要我能让自己平静下来，在一刹那之间，潮退，风平，浪止。

虽然我不会武功，但我总感觉自己身上有一种轻功，就是能从负重累累的生活中，拈花弄影般跳脱出来。

有时，当我看到周围的人，被许多烦恼和痛苦所束缚时，我很想拉他们一把，但我使不上劲，为此我感到特别遗憾。我不知道如何可以帮到他们，我也不要去当救人救世的菩萨和英雄，但我就想带着他们一起飞，自由自在地飞，而不必被尘世的囚牢所困扰。

有时，我又总是特别执着于那些看似徒劳无用且闪闪发光的东西，譬如信仰，譬如梦想，譬如美，即便我无法用肉眼看见它，但哪怕只是在心里，曾有过感知和触及，我也会矢志不渝地去相信且守护它。

再有时，我觉得自己特别傻，特别笨拙，也特别不着边际，但在无数个艰难的时刻，正是这一份天真和纯粹，也正是这一份虔诚和笃定，让我始终保持着一种圆满自持的状态。

3

在许多闲暇时光中,除了读书,我还有很多喜欢做的事。

喜欢听悲伤的音乐,因为悲伤可以更直接地奔赴心灵深处。

喜欢读动人的情书,尤其爱木心先生的那一句,我好久没有以小步紧跑去迎接一个人的那种快乐了。

也喜欢静静地发呆,不着于心,不住于相,把自己当作一个彻彻底底的旁观者,听云,赏雨,在静寂中找自己。

我常常可以感受到时光从我的指甲缝里,一寸又一寸地消失,时常也会在时间的片刻静止和凝固中,感受到生命本来的那一份脆弱和单薄。

其实我并未试图抓住过什么,因为我知道自己根本抓不住任何的东西,我就是特别想珍惜,珍惜当下,珍惜此刻,珍惜所有我拥有着的一切,包括能够好好吃到每一顿饭,睡好每一个午间小憩的觉,都让我心生无限的感恩。

常常听人说,人生如梦。

其实,我一直都活在梦里,比任何时刻,都更遵从内心地活在自己的天地光阴中,为此,我很快乐,也很满足。即便在不得不面对,现实生活中的琐碎和庸常时,我也可以毫无怨言且日复一日地去摆桨、渡舟、停筏。

4

我总是在做许多无用的事。

有一段时间，我突然迷上了拼图。我买来整整一千片凡·高的《星空》，专注地、耐心地、沉静地在月光、村庄和稻草中，去寻找和感受美。即便我并不懂这幅画，即便我也不懂所谓的艺术，但当我终于拼好它的那一刻，内心里洒满了皎洁的月光。

有一段时间，我突然迷上了国画。于是，我买来石涛、八大山人、齐白石、潘天寿等名家的画作，在水墨山水之中，去勾勒，去描绘，去临摹。最后画出来，跟原稿相差甚远，甚至有些东施效颦，但我仿佛与大师们有了一次擦肩而遇，抑或静静远观的机会。

再有一段时间，我突然迷上了植物。于是，我可以花上一两个小时，盯着一片树叶，努力去看清它的叶脉，它的纹络，它的肌理。虽然我也并不懂植物学，但能够在一朵花、一棵树、一块根茎上，找到最简单的兴趣和快乐，这让我觉得弥足珍贵。

在《小窗幽记》里有一句话："得趣不在多，盆池拳石间，烟霞俱足；会景不在远，蓬窗竹屋下，风月自赊。"

我愿意随手拾俯起路旁的一怀花，脚下的一抔土，在那些一个人的漆黑夜晚和肃静深冬，活出自己的恬淡繁华。

真正的读书，
都是无用的

1

因为疫情，省图书馆从 2020 年 1 月 24 日闭馆，直到 3 月 24 日再次开馆，时间正好是两个月。

其实，这也是省图书馆搬了新址的五年中，我第一次隔了这么长时间没去，上一次去是在闭馆的前一天。虽然知道这是不可抗力，但心里总盼着它能快点开。太久时间没去，心里就总觉得像是少了一点什么。

其实到图书馆借几本书看，也只是一个由头。每个月我自己会买很多书，但之所以如此坚持，是因为在图书馆，我可以找到一种身心的安顿感。走在一排又一排的书架之间，人仿佛就有了可以穿越古今的法力，也可以立马拥有与外界隔离的能力。

彼时，你是一个完完整整的自己，哪怕身处方寸之地，哪怕仅在须臾片刻，你也可以在此获得彻彻底底的自由。

平时，我非常吝惜时间，但我却愿意每周来回散步去到图书馆晃悠一个小时,由此也可见,人再忙,其实都是有时间的。如果你没有时间见一个人,没有时间做一件事,真的不是因为你没空,而是他们对你来说不够重要。

很喜欢这样无功利心的坚持,无目的性的执着,因为我们可以给到自己独处和思考的时间越多,人才能活得更像他自己。

2

常常被问到,读书的意义是什么,读的书记不住怎么办,读完以后总感觉没收获怎么办?

其实,读书本身就是一种极大的精神乐趣和享受,甚至有时读书的意义,就在于取悦你自己。你要在读书的过程中,找到那种"乘兴而归,尽兴而返"的简单和纯粹,就可以寻觅到诸多快乐。

许多人读书会浮躁,并不是因为他们找不到对的方法,而是因为他们总想走捷径。

许多人读书会焦虑,也不是他们学不到东西,而是他们总把读书当作论斤称两的工具。

孔子曾言:"古之学者为己,今之学者为人。"

从表意上看,古人读书好像特别自私,总想着自己。今天的人读书好像特别无私,总想着为了别人。一个人首先要对读书产生兴趣,从内在去渴求知识和学问,当你的求知欲越浓,当你的基础功底越厚实,才能不断向外拓展和延展,从而不断提升自己的格局、境界和高度。

就如我们常说，一个人要学会见自己，见天地，到见众生，这个顺序是不可颠倒的。

再者，一个人在有足够的学识、智慧和品德后，才有这样的能力、担当和责任心去"治国，成家，平天下"。

或如宋代大儒张载所说："为天地立心，为生民立命；为往圣继绝学，为万世开太平。"

若你一开始就高举旗帜，要为江山社稷而读书，要为中华之崛起而读书，就显得头重脚轻，给人一种撑不住的感觉。

想起一则对话。一人去深山中的寺庙找禅师问道。禅师问："你到这儿来是干什么的？"

那人说："我是来修佛的。"禅师答："佛没坏，不用修，先修自己。"

读书，也是一样的道理。

3

清朝诗人黄景仁曾写道："百无一用是书生。"

这一句话，一直被当作用来讽刺读书人的。其实在我看来，读书本来就没什么用。

我们为了升学毕业所读的，不是真正意义上的书，而是读的考试书。

我们为了学得某种技能所读的，也不是真正意义上的书，而是读的考证书。

我们想要了解人情世故所读的书，也不是真正意义上的书，而是读的计谋书。

真正的书，它更多时刻，不是拿来用的。而是拿来净化心灵、启迪智慧、开拓思维的，抑或它是一种唤醒，一种觉知，一种反思。它犹如星光，亦如灯塔。

有一句古话讲：师者，所以传道受业解惑也。
就如真正好的老师，他教给你的永远不是具体的知识，不是告诉你怎么认字，怎么算数，而是教给你做人的道义，教给你做学问的根底，以及教给你解疑答惑的一种方法和路径。

世人常常以有用和无用，狭隘地去界定一个人，一件事，乃至一本书的价值和意义。其实所谓的有用，常常要建立在无用之上。
比如理想有用吗？没用。但一个人若没有理想，那么无论他做再多有用之事，也难以成其大用。
读书有用吗？没用。但一个人如果不读书，那么无论他多么聪明，也飞不高，走不远，大材也只会被拿来小用。

同理，我常常觉得人之所以需要去靠近和瞻仰，那些所谓高尚的、美好的、纯洁的思想和精神，就在于即便它们摸不到，即便够不着，即便它们拿来也没什么用，但所谓高山仰止，景行景止，虽不能至，然心向往之。
你可以拿它当作一种目标，一种方向，一种指引，不断突破你自己，无论是冲破思维上的天花板，还是打破你认知思维上的局限，抑或不断提高你个人的修为，等等。

千万不要小看了"向往"二字，有时，人跟人之间最大的区别，就在这里。

4

不知你是否发现，人真正喜欢的东西，大抵都是无用的。当然也常常有人说，自己喜欢当官，想要发财，希望变得更富有，但当你真正实现了它们，依旧会滋生出无数烦恼，因为你的欲望和贪念并不会因此止息，反而会变得越来越大。

你若在路边，看到那一丛丛烂漫四溢的小野花，你会心动。

你若看到一个三岁小孩露出乳牙，冲着你憨憨地微笑，你会感动。

如果你做了一件举手之劳的好事，哪怕不被人知，你也会感到一种莫名的心安和满足。

也许每个人内心所追求的东西有所不同，但归根结底，真正触动人心，真正让我们感到幸福的，永远都是那些拥有真、拥有善、拥有美的东西。

读书也一样，有时你看到一本好书，心生欢喜，并非因为它教给了你获取功名利禄和飞黄腾达的秘籍。而是你在书中，既可以让自己变得愈加理性、睿智和开阔外，也可以让自己的内心变得更柔软，更宽容，更慈悲。

很喜欢这四个字：君子不器。也许不读书的人，他可以凭借自己的天赋异禀，轻松地成为某一方面的专才，但一个人想要变得更加博大，更加精深，读书显然是必要的，而彼时的书，不再仅仅是具体的一本纸质书，抑或随身携带方便的电子书。而是当你已经有了相当的功夫，就可以把任何一个人，一件事，乃至天地万物，当作一本厚重之书来读，来悟。

  有一句话说：万物皆备于我。把自己读通了，读透了，读明白了，许多人和事，也就了然于胸。
  而自己却是看不见的，包括你的性格、你的情绪、你的心态等，它们看起来都特别抽象，也难以形象化。
  读书也一样，有时我们看似在读别人，其实是在读自己，看似在学习别人，其实是在教育自己。所以读书严格意义上来讲，它就是无用的。它仅仅作为一种熏陶，一种濡染，一种净化。但如果一个人肯下功夫，肯用心，哪怕在一本看似一无是处的书上，也能发现无价之宝。

  一个人的知识越渊博，他读的书就会变得越来越无用。因为任何一门学问，从最基础的技巧和方法开始起步，最后上升到科学、哲学，乃至人生意义和价值的高度，能够把书从厚读到薄，从有用读到无用，是不容易的；而这个不断内化和蜕变的过程，需要我们用长长的一生去践行。

© 中南博集天卷文化传媒有限公司。本书版权受法律保护。未经权利人许可，任何人不得以任何方式使用本书包括正文、插图、封面、版式等任何部分内容，违者将受到法律制裁。

图书在版编目（CIP）数据

做一个能扛事的成年人 / 李思圆著 . -- 长沙：湖南文艺出版社，2021.8
　　ISBN 978-7-5726-0286-3

　Ⅰ.①做… Ⅱ.①李… Ⅲ.①散文集—中国—当代 Ⅳ.①I267

中国版本图书馆 CIP 数据核字（2021）第 150238 号

上架建议：畅销·励志

ZUO YIGE NENG KANG SHI DE CHENGNIANREN
做一个能扛事的成年人

作　　者：	李思圆
出 版 人：	曾赛丰
责任编辑：	吕苗莉
监　　制：	毛闽峰
策划编辑：	周子琦
文案编辑：	周子琦
营销编辑：	刘　珣　焦亚楠
封面设计：	梁秋晨
版式设计：	梁秋晨
出　　版：	湖南文艺出版社
	（长沙市雨花区东二环一段 508 号　邮编：410014）
网　　址：	www.hnwy.net
印　　刷：	三河市鑫金马印装有限公司
经　　销：	新华书店
开　　本：	880mm×1230mm　1/32
字　　数：	262 千字
印　　张：	10.5
版　　次：	2021 年 8 月第 1 版
印　　次：	2021 年 8 月第 1 次印刷
书　　号：	ISBN 978-7-5726-0286-3
定　　价：	46.00 元

若有质量问题，请致电质量监督电话：010-59096394
团购电话：010-59320018